炉辺の風おと

梨木 香歩

毎日文庫

目次

第一章　山小屋暮らし

第四章　いのちの火を絶やさぬように

第五章　遠い山脈（やまなみ）

炉辺の風おと

第一章　山小屋暮らし

山の深みに届く生活

1

いろいろな必要から、転地に適当なところを探していたのだが、縁あって、八ケ岳の中腹で山小屋探しをするようになった。山小屋といっても、その辺りは電気ガス水道の心配もないし、白状すればゆったりした別荘地の一角なのだが、気ぶんとしては山小屋探しで、それに別荘地とはいっても住民を甘やかしすぎない、むしろ元々の自然環境を無視した振る舞いはしてくれるなよ、という管理会社の筋の通った綱領にも惹かれるものがあった。結局決めたのは、事務所のMさんに案内してもらったいくつかの中古の家々のうちの一軒で、そこにたどり着いたときにはもう日も暮れかかっていた。贅沢な別荘は論外、本格的なログハウスも身の丈には合わないが、最近の新建材だらけのものもちょっと、と考えていたところだった。先に小屋に入ったMさんがブレーカーを上げると、温かみのある素朴な光が灯り、内部の様子が目に入った。内装の古くなったカラマツ材が飴色に艶光りしていた。手作りのベンチがベランダの窓に向かって固定してあった。気持ちのいい簡素さ。山小屋文化というものがあるとすれば、それをどこかで正しく継承している空気があった。棚には外国の山を背にした、年配の男性の笑顔が写真立ての中でこちらを見ていた。それを見た一瞬、なにか理解したように思った。たぶんこの方は亡くなったのだろう。そして、この山荘はこの方の山小屋で、八ケ岳の峰の一つへの登山口からほど近いこの小屋は、この方の「ベースキャンプ」でもあったのかもしれない。山好きの方だったのだ。そして亡くなられた後も、ご家族はこの方を偲びつつ、写真を置き、しばらく山荘として使っておられた、が、とうとう売りに出す決意をなさった……。

ベランダに出る。

敷地は南面に、ごく緩やかに傾斜していて、一筋の細い涸沢（からさわ）までたどり着くと、そこからまた緩やかに上昇を始める。この涸沢は春になると、雪解け水が流れるのだそうだ。そして、近くを流れるS川に注ぐ。このS川は千曲川上流部の支流の一つである。つまり、敷地内を、やがて千曲川になる流れが迸（ほとばし）っているのだ。源流の一つ、という言い方だってできるかもしれない。それはやがて信濃川になり、日本海に注ぐ。

そこで黒潮の分流といっしょになって、いつか知床の方まで流れていく（実際に知床にはそうやって、黒潮に乗った珍しい熱帯の生物の死骸も流れ着くことがある）。

雪解け水が流れ始める頃、リュウキンカも咲くかもしれないな、と、北海道で春先に見かける、黄色いエゾノリュウキンカが点々と咲く景色をぼんやり思い浮かべる。現実にはこの辺りの植生にリュウキンカはないけれど、リュウキンカがあってもおかしくない環境だということが楽しかった。敷地内に涸沢がある、というのは、宅地としては、ずいぶんなマイナスなのだろう。でもおかげで私としてはもったいないほど広い敷地が、なんとか入手できるかもしれない運びになったのだった。カラマツが黄葉する直前の頃だった。

2

入手することになった山荘の持ち主は、四人の連名だった。代表で契約の場にいらしたのは、Kさんという私より少し若いくらいの年頃の男性だった。アウトドアに造詣の深い方だな、という印象を受けた。

事務的なやり取りが一段落したとき、それまで言葉少なだったKさんが、ふっと、

「なぜあの家になさったのですか」というようなことをお聞きになった。私は考える間もなく、「幸せな思い出がいっぱい詰まっている気配があったので」と応えていた。実際、結局のところ、あの家に漂う「健やかさ」は、そういうものが作ってきた気配だったのだろうと今でも思っている、別荘にありがちな、これ見よがしのところのない、素朴で穏やかな趣味の良さ。Kさんは頷いて、「子どもの頃からの、楽しい思い出がいっぱいあります。父はほんとうにあそこを愛していて……」。お父様の没後、家族で相続なさった山荘であったのだ。その当時の写真が見たい、と私は強く思い、それを伝えると、「では、メールで送れるようにして、後から送りますね」。契約終了後の、それは無視されてもおかしくない、少し厚かましいお願いだったのだ。けれど私はあの家に若いひとたちの歓声が溢れていた頃の、辺りの様子が知りたいと願ったのだった。一つの建物の、青春時代。

そして、数日後、それは送られてきた。Kさんは社交辞令でその場限りのリップサービスをする人ではなかった。ご一家があの土地を購入されたのはKさん兄弟がまだ小学生の頃。「買ってから二十年ほどは、キャンプをしたり、簡単なプレハブを建てたりして過ごしました。あの家を建てたのはそれからで……」。一枚目の写真は、白樺などが点在する、山小屋建設以前の空き地で、半ズボンの少年たち、元気なお嬢さん、生き生きとした若いお母さんが、皆、弾けるような笑顔でボール遊びに興じている。二枚目では同じ敷地でテントを張り、思い思いの場所にハンモックを吊るした男の子たちが（後日このハンモックを山小屋の戸棚から見つけ、感激する）、高原の夏を満喫している。「キャンプファイアにオオムラサキがたくさん飛び込んできたのを覚えています」

三枚目は懐かしいフェンダーミラーの乗用車の横で、青い空、残雪に白く輝く八ヶ岳の山頂をバックに、これもまた満点の笑顔で写る、若々しいお母さん、元気な子どもたち……。そしてこの写真には写っていない、撮影しているご本人、誰よりもこの家族と高原で過ごすことを誇らしく楽しく思っているだろう、Kさんのお父様の存在が伝わってくる。一九七〇年前後の日本の山の休日。自分の子ども時代と重なり、見ていて胸が詰まってくる。年月は容赦なく過ぎていき、喜びも悲しみも重ねて家族の歴史は続いていく。メンバーの推移もある。

半ズボンのK少年兄弟は、その後近くの別荘の少女と知り合い、遊び友だちになる。十代の後半に、他のキャンプ場で偶然再会、少年は高原の恋を実らせた。今の奥様だそうである。

3

新しい住人として、初めて山小屋入りした日、ウソの夫婦がベランダに飛んで来て、硝子窓を挟んでほんの五十センチもないような距離でこちらを見上げ、逃げもせずに辺りを歩き、飛び回っていた。八ケ岳界隈には鷽沢（うそざわ）という、ウソの多い土地があるそうだから、ここもそうなのかもしれない（しかし管理事務所のMさんはまだここでウソを見たことがないという）。実際、野鳥の多いところなのだ。

最初に案内されて入ったときもそうだった。私がベランダからの景色に見入っていたとき、いっしょに見て回っていたひとが、風を通そうと、風呂場の窓を開けたらしい。そして私が風呂場を案内されたのはその直後。説明を聞き、窓を閉め、出て行こうとしたそのとき、窓辺でなにか動くものの気配を感じた。

え？　鳥？　よく見ると、

「ミソサザイだ！」

Mさんと私はほとんど同時に声をあげた（ある程度の鳥好きでないと、とっさにこの名は出てこない。このとき、これからさまざまお世話になることになる、Mさんの

「実力」の片鱗を知った最初であった）。慌ててもう一度窓を開け、出してあげる。ミソサザイは元気よく出て行った。出て行ったが、謎は深まるばかり。どこから入ったんだろう。ずっと閉じ込められていたわけではないですよね、衰弱していた様子はなかったから。開けていた間に入った？　でも、ほんの数分ですよ、五分もないくらい。その間に？　信じられない。だいたい、ミソサザイなんて、渓谷の藪にいるような鳥で……。

どこからも忍び込めるようなところはないし、巣を作っていたような形跡もない。あの、窓を開けていた数分の間に忍び込み、私たちが話をしている間じっとおとなしくしていたとしか考えられないのだ――。あの騒々しい野生のミソサザイが、である（その話を、元の家主のKさんにすると、「いや、今までそんなことは起こったことはなかった」ということ）。

ベランダに出ると、キツツキの開けた穴がいくつか、庇（ひさし）にあるのを見つけた。不思議にキツツキに好かれる家とそうでない家がある、といっていた友人の言葉を思い出し、嬉しいような、困ったような。巣を作ろうとしてやめたのか、虫でも探していたのか。今使っていないことだけは確かで、ハクビシンなど、他の動物に入り込まれても困る（ヤマネならよし）。つぎはぎみたいになるだろうけれど、補修しなければ。

ベランダの前のカラマツはもう黄葉の時期を過ぎ、落葉し始めていた。玄関脇の戸を開けると、まっさらの軍手や小さな斧、鋸などが見つかった。すぐにでも必要なものとして、Kさん一家が残しておいてくれていたのだった。庭に出て、落ちている枝を拾い集め、小さな暖炉で燃やした。八ケ岳から降りてくる風は強く、一晩中窓を揺らした。凍えながらベランダに出て夜空を見上げると、ざわざわとうごめく木々のシルエットの間から、息を呑むようなまばゆさで、冬の星座が輝いていた。

4

九州山地の外れで、何度か山小屋暮らしをしてきた。長いときには数ヶ月。人間に出会うことよりシカやキジなどに出会うことの方が多かった。私がそこに通うようになる前、今はもう亡くなられたある女性作家が、同じ地域で同じように一人暮らしを始めたが、あまりに寂しくて、しまいには幻聴を聞くようになり、すぐに山を下りた、ということをエッセイに書いておられた。私がそれを読んだのはずっと後のことだが、さもありなんと思った。小屋のドアの前は傾斜しつつ山の森を下っていく、風（や獣）の通り道になっていて、そのさらに下方には川が流れ、滝になっている。人の通る道はなく、私も話に聞くだけの滝である。ただ水の流れる音、流れ落ちる音だけは、その山小屋の環境の通奏低音として、どんなときでも聞こえていたし、とくに大雨の降った後などは空恐ろしいほどであった。暴風の吹き荒れる夜ときたら、風の通り道はどういうことになっているのか、誰かが激しくドアを叩いているとしか思えない音がして、胸が騒いだ。誰もいないことはわかっている。それでもそれは、必死になった人が我を忘れてなにかを訴えてくる音にしか聞こえないのだ。麓から誰か、急を知らせにきたのだろうか。下山の最中、道に迷った人が助けを求めているのではないだろうか。あれこれ可能性を考える。よっぽどドアを開けようかと立ち上がったこともある。そのたび心のどこかで、開けてはならない、と、低い、醒めた声がする。開けたが最後、漆黒の夜の闇からまがまがしいものが入ってくる。そういう非合理な、けれど本能的な危険センサーが私を押しとどめた。実際、「麓から急を知らせにきた人」も、「道に迷って助けを求めている人」も、本当にいた例はなかった。「まがまがしいもの」とはなんだったのだろう。森の悪意か。私はそれをとうとうなかに入れずにすんだのだろうか。

アルピニストで随筆家の串田孫一氏が「山で生活すること」について次のように書いている。「山で生活することとは、山に登ることだけではありません。（略）もっと山の深みに届いた生活を経験することであって、これは決して簡単に出来る筈もなく、それだけに尊いもののように思われます」(『アルプ』40号・編集後記より)

山の深みに届いた生活の経験――野暮を承知でいい換えれば、山の抱え持つ深さと測り合うように時間が流れる生活。孤独が人間存在を彫り上げていくような生活、ということだろうか。そういう時間が、自分の人生に、たとえ傍流としてでも流れてくれればいいと思う。

例えば老いて町なかに在るときも――いや、いよいよそのときこそ――「山で生活すること」の精神に、人は一人粛々と浸れるのではないか。山という言葉は、昔からそのまま修行の場を意味されてきてもいることだ。

人生の終焉(しゅうえん)近くなって、結局何がしたかったのかと問われれば、「山の深みに届いた生活」と、心のなかで憧れを込め、呟(つぶや)くだろう。

火のある風景

1

かれこれ四十年近く前、英国でお世話になっていた家の女主人は、よく居間の暖炉に火を入れていた。築百年以上経った古い建物で、地下はコール・セラー（石炭貯蔵庫）になっていた。ロンドンでは大気汚染防止のため、石炭が使用禁止になって久しい（ちなみに有名なロンドンの霧は、市民が暖炉で石炭を燃やしたがための現象だったらしい）。その辺りもやがてロンドンへの通勤圏にはなったが、まだそういう条例からは自由な、中世の町並みの残る小さな地域だった。地区のすべての家屋敷で一斉に暖炉に火を入れたからといって、大気汚染までには結びつかないと判断されていたのかもしれない。

女主人のことを、私は自分の随筆でウェスト夫人と呼び、その桁外れな博愛主義者ぶりを書いてきた。それを読んで彼女に興味を持ち、家を訪ねる人びとが出てきたと知って私は戸惑った。彼女の周囲もまた戸惑っているのではと気を揉みもした。だが彼女自身に戸惑いはなかったと思う。

　実は私が彼女のことを書き始めた前後（十八年ほど前のことだが）から、彼女の患いが明らかになっていたのだった。そういえば、と、そこから遡って、彼女の言葉にいろいろ齟齬（そご）が起こり始めたときのことを思い返したりした。こういう状態で初めての客に会うというのは、健康なときの彼女であったら不本意な成り行きかもしれない、申し訳ないことだ、と、私は彼女に、そして訪れてくれた人びとにも、ただただ恐縮した。訪れた日本人のなかには私に手紙をくださった方もあったが、私は事情が話せず、返事もできないままだった。

　数年前、彼女が亡くなり、家は他人の手に渡ることになった。改装前の、何もかも処分され、引き剝がされた家のなかを、最後まで彼女を看取った長女のアンディや昔の下宿仲間たちと見回った。あまりにも変わり果てた家の姿に、皆言葉少なになった。リビングに陰影をつくっていたカーテンは――このカーテンにまつわる話も、何度も聞かされた。もう半世紀以上も前の、彼女が敬愛していた年上の、女傑といってもいい小さな（この方が小柄であられたことは、その爆発的なエネルギーの逸話とともに繰り返し強調された）日本人女性からのプレゼントだった――取り払われ、階段にまで敷かれていた絨毯はすべて剝がされ、床板が剝き出しになっていた。

「K・・、」とアンディはまっすぐ私を見つめながらいった。「彼女のことを、語り伝えたいと思うの。あの途方もないひとのこと。K・・にも協力してほしい」。相克のある親娘であったことは、昔から聞いていた。長い介護の合間の二人のやり取りは、余人が決して臆測で語れない、聖域に属するようなものだろう。けれど、病になった後も損なわれなかった彼女らしさがあった。そのことについて、私も語り継ぎたいと思った。

　そしてカーテンも敷物も、ソファも本棚もない居間の床に座り、最後の暖炉の火を入れた。まるで荒野で野火を見るように、私たちは暖炉の火を眺めた。

2

　英国のその下宿は、日本にも昔はあったかもしれないが、今はほとんど絶滅に近いと思われるスタイルをとっていた。キッチンやリビングやバスルームその他を、自分の家のように出入りして、寝室だけが（けれど鍵がない！）与えられている、いってみれば今は亡きウェスト夫人の家族のように生活をする下宿人と、二階にある独立した部屋（バスルームとキッチン付き）に住む住人とに分けられ、独立した部屋の方の住人は大抵素性のよくわからない、年配の謎の英国人だった。といってもウェスト夫人にだけは勿論わかっていて、ただ当時は私たちに話してくれないだけのことであった。私がいるときの「謎の下宿人」はD・・という中年の男性で、彼の部屋のドアと私の寝室のドアは向かい合わせだった。会えば微笑んで挨拶するくらいだったのが、たまたま街で偶然出会い、おお、とお互い思わずいつもに倍する笑顔になり、初めてそのとき彼から長いセンテンスの言葉を聞いた、が、私にはまったくわからないヨークシャ訛り(なま)の英語で、そうか、D・・はウェスト夫人のヨークシャ時代の縁故であそこにいるのかもしれないな、と漠然と思った。

ウェスト夫人はアメリカ出身のクエーカー教徒で、第二次世界大戦後、ヨーロッパの復興を手助けするため、フレンズ奉仕団の一員としてドイツにいた。同じ目的で来ていた英国の若いクエーカー教徒のウェスト氏と知り合い、やがて結婚してヨークシャに住むようになったのだった。いろいろあって今の家に引っ越してきたのだが、故郷で過ごしたよりも圧倒的に長い年月を英国で過ごして、もう帰国する気はないようだった。

その「謎の下宿人」が、どうやら刑期を終えたばかりの元囚人たちだったと知ったのは、何年前だっただろう。初代「謎の下宿人」は越してきて早々、近くの大きな町で再び殺人を犯した。それを報じるニュースをキッチンのラジオで聞いている最中、彼女は当の「殺人犯」が帰ってくる足音に気づいた。すぐにラジオを消し、何も聞かなかったことにした。翌朝、彼女の部屋に捜査に入った警官へ寝ぼけ眼の彼女の放った一言が、Can I help you? このときのシチュエーションでいえば、「どうかなさいました？」であった……。それは私たちの間では有名な話だったが、D・・までそういう出自であったとは、私はずいぶん後になるまで知らなかった。だって、誰も引き取り手がなくてかわいそうだったから、というのが生きていた頃の彼女の言い分だった。

「あの部屋、初めて入ったよ」

瓦礫の山のようになった、売り払われる寸前の下宿をいっしょに見回った後、いつも賑やかだったリビングの暖炉の前で、私より古い下宿人だったエマニュエルが呟いた。謎の下宿人の住んだ謎の部屋は、あっけらかんとして明るく、清潔でさえあった。

「そういえばD・・、一度もリビングに入ってきたことなかったね」と、私はいった。

皆黙って頷き、また暖炉の火を見つめ続けた。

3

今は亡きウェスト夫人は、ゾウだとかドラゴンだとかクジラだとか、とにかくなにか「壮大なもの」が好きなひとだった。私自身が大女だから、と自分を揶揄していっていたが、周りは皆それを知っているので、クリスマスプレゼントなどには勢いその類のものが多く集まり、結果的にゾウが刺繡してあるクッションやその置物などでリビングは溢れかえっていた。クリスマス前のある朝、今日はクエーカー関係で街頭募金に立つのだ、と、聞いた。ふうん、と返したきり、私はそのことを忘れていた。昼頃、たまたま町の繁華街を通ったとき、人混みのなか、ポツンと一人で立つ彼女が視界に入った。グループで行うのだとばかり思っていた私は、不意を突かれた思いだった。道行く人びとは皆忙しそうで、彼女の前を素通りしていく。あの、いつも堂々と、それこそゾウのように自信に満ち溢れていた彼女が、雪のちらつく街頭で、無視され続けている……その状況に思わず涙が出そうなほど衝撃を受け、見てはいけないものを見たようで、私は慌てて逃げるようにその場を去った。なんと若かったことだろう、と思う。今ならすぐさま彼女の横に立って、楽しく一緒に募金を呼びかけるものを。

夕方遅く家に帰ると、「寒かったでしょう」と、先に帰っていた彼女は暖炉に火を入れて迎えてくれた。寒かったのはあなたでしょう、と私は心のなかで呟いたが、私がそこにいたことは知られてはならないような気がしていた。けれど「今日は私を見、前でずっと立っていたんだけど、いろんな人を見かけたわ」といって彼女は〇〇のニヤリと笑った。知っていたのだ、と私は真っ赤になった。それでその話は終わったが、以来私は街頭に立つご婦人を無視できなくなった。

壮大なものには炎も含まれるようだった。客があるときは、ダイニングルームで食事をしたが、二人だけの夕食では、いつも簡単にキッチンのテーブルで済ませた。そういうときでもテーブルクロスやその直前に庭から摘んできた小さな花々と蠟燭で毎回食卓を飾った。

「たとえキッチン・ピーポーといえども」

彼女はテーブル・セッティングをしながら、よく気炎を上げたものだ。彼女のいうキッチン・ピーポーというのは、キッチンの片隅で簡単に食事を済ます、貴族の屋敷で下働きする雇い人たちを指していた。どうも、キッチンで夕食をとるのは良くない、と誰かにいわれたらしかった。

「ディナーは誇り高くとるべきです」

私はキッチン・ピーポーでまったくオーケー、といつも小声でそう応えた。

食卓の小さな花々の間には、いつも蠟燭の炎があった。ダイニングテーブルのときには、大きめの燭台で、そしてキッチン・テーブルの上では小さな蠟燭立てで、彼女はいつも炎の揺らめきを愛した。たとえどんなに簡単な夕食であっても、彼女の笑顔と蠟燭の炎はその時間を私の祝祭にした。今の私の食卓には、彼女から贈られた小さな銀の蠟燭立てがある。だがもう毎日は使わない。

4

ウェスト夫人とアイルランドを旅したことがある。

西海岸沿いの漁村を回っていたとき、昔使われていた民家を何軒か見学した。貧しい漁師の小屋は、小さなドアを開けると目に見えるものがすべてで、つまり一間だけで、端には炉が切ってあるのだが、それで暖房と料理と濡れた漁具やセーターなどの乾燥の、すべてを賄うのだ。私はその簡素なシステムにすっかり憧れ、いつかこういう小屋に住みたいと思った。けれど、こういう小屋に住むには資格がいる。頑健な体と、一日その体のすべてを使って正しく疲れ果て、ぐっすり眠るための労働と、冬場、大西洋を渡った勢いで荒れ狂う強い風とその声を聞きながらの長い夜（日照時間が極端に短くなる）に耐え続けられる精神力が。

手の届かないものほど憧れは強まる。私の漁師（正確にはその小屋）への憧れが伝染したのか、二人で砂浜を歩いているとき、フィッシャーマンズグローブ（漁師が漁船で使う大きなゴム製の手袋）が落ちているのを発見したウェスト夫人は、子どものように喜んで、それを記念に持って帰るといい出した。私はそんなもの、何に使うのかと、置いていくように説得を試みた。潮でぐちゃぐちゃになった古いゴムの、しかも巨大な手袋を……。私の反対は、火に油を注いだようで、彼女はもう片方も落ちてないかしら、と辺りをキョロキョロし始め、私を呆れさせた。

結局あれもまた、彼女の家の大切なガラクタの一部になっていたのだろう。西アイルランドの鄙(ひな)びた漁村の浜から、アイリッシュ・シーを渡って連れてこられた、フィッシャーマンズグローブ。私はあのとき理解できないでいたけれど、彼女もまた、「正しい労働」のようなものに惹かれていたのだろうか。

そういう古民家では、地元保存会の有志の方々の厚意で、よく炉や暖炉にターフが燃やされていた。ターフは、英国でいうところのピート、泥炭である。地元の女性たちは、

「タープの燃える匂いがすると落ち着くの。私たちはみんなタープが好きなの」。そして私も、タープの匂いが大好きになった。そういうと皆面白がり、嬉しそうだった。外国人が畳の匂いが好きというのと似ていたかもしれない。

古い小説に、海岸沿いの漁村に住むひとが、流木を拾って薪として燃やす場面があった。難破船の一部か、積み荷か、どこからか流れ着いたものか、たぶん多様なガスが出てくるのだろう、燃やすと様々な色を発するので、楽しみのために拾い集める、という内容だった。本当に昔の流木がそんな色を発したのか知らないが、我が身を燃やしつつ自分の出自を話し始めるようで、その場面が印象に残っている。

ウェスト夫人はそれから、バレン（不毛な地という意味）高原の石灰岩に魅了され、大人の男性の腕ほどもある大きな長い石をいくつも、持って帰るといって聞かず、結局それもまた、アイリッシュ・シーを渡り、彼女の家の庭石になった。

新しい家主は撤去しただろうか。

遅い春・早い初夏

1

里よりも遅い春が山にもようやくやって来て、あわあわと頼りなげだったカラマツの新緑も日に日に濃くなるし、山家の庭にもシロバナエンレイソウや小型のタチツボスミレなどがちらほら咲くようになった。と、落ち着いて書いているようだが、最初、シロバナエンレイソウの芽吹きを見つけたときには目を疑った。深山の環境でしか生息できないような草で、別名を文字どおりミヤマエンレイソウという。半信半疑だったが、三枚の葉が、大型のミツバのように出る、その形からして、エンレイソウの仲間かも、ぐらいは見当がついた。真ん中に小さな白い蕾（つぼみ）が硬くうずくまって在るのを、真珠のように大切に思いながら開花を見守った。が、春が三寒四温の進み行きで暖かくなったと思ったら雪が降ったりと、ぐずぐずしていたせいか、蕾の期間がけっこう長かった。

ある晴天の日の朝だった。太陽が高く上がるにつれ気温も上昇、世界は光に満ち満ちて、外を見ればカラ類もキビタキも気持ちよさそうに囀っている。「花は咲いた、今こそ」と確信し、磁石に引き寄せられるようにドアを開け、彼女に会いに行った。果たしてほころんだばかりの、まだ縮れているような花びらが下を向いて三枚、まごうかたなきエンレイソウの形をしてつつましく小さくそこに在った——つつましく小さく、と思うのは、私は北海道でオオバナノエンレイソウを見知っていて、これが初めてみる普通サイズ（?）のエンレイソウだったのだった。握りこぶしと親指の頭くらい大きさが違った。

けれど、もしかしたら、この辺りのシロバナエンレイソウは「普通サイズ」よりさらに小さいのかもしれない。というのも、改めて調べると、本物（?）は茎が二十～四十センチ、とあるのだ。どう考えてもうちのは、高さ十五センチ足らずにしかならない。ミニチュア版だ。そして、タチツボスミレの小ささといったら、葉っぱなど、通常のそれの半分くらいしかない。小指の先ほどなのだ。

もしかして、と思うことがある。

日本全国で困っているように、この辺りも爆発的にシカが増えている。三十数年前私が初めて八ケ岳を訪れたとき感激したマツムシソウの群落は現在激減しており、それもシカ害によるものだという。この庭の樹木の幹には地面から一メートルほどの高さまで金網が巻きつけてあるものが多い。前の家主の方がシカに樹皮を食べられることを防ぐために処置したのだろう。相当前からこういう状況が続いていると思われる。以前、ある植物学者の方から、植物は危機的状況が続くと、それを避けるために形を小さくしたり、棘(とげ)を大きくしたりすることがあると伺ったことがあった。小さく目立たなければ、存在に気づかれない可能性が高くなるし、棘があれば簡単には食べられなくなる。

スプリング・エフェメラルであるシロバナエンレイソウは、咲いたかと思うとあっという間に地上から跡形もなく消えた。この儚(はかな)さもまた、そそくさと一期を全うして来季生き延びるための知恵なのか。

2

春になっても、朝晩は冷えて、薪を焚くことが多い。揺らめく炎はいつまで見ていても飽きない。

それでもある夜、今夜はストーブなしでも何とかなりそうだ、と思え、実際何とかなったとき、本当に季節は変わったのだと感じた。カッコウの初音を聞いた翌日でもあった。

初めてここでカッコウの声を聞いた日は、たまたま私淑している鳥類学の樋口先生と、鳥好き仲間の画家のYさんや編集のFさんが鳥見に来てくださっていた日だった。「今着いたところかもしれませんね、時期的に。明日あたり、遅れてホトトギスも到着しますよ」。そしてその樋口先生の言葉通り、翌日本当にホトトギスの声が聞こえ、私とYさんは思わず目を見合わせた。「てっぺんかけたか」の声はまだおぼつかなく、旅の疲れがあってか、本調子ではまったくなかったけれども。

Fさんは星見もする人だったので、夜は皆で小さな懐中電灯を手に、新月で真っ暗な森の小道を、まるでセンダックの絵本に出てくる森の怪物たち（謙遜である、念のため）のように行列をつくって恐る恐る行進し、広場に出て夜空を見上げた。私もスターウォッチングの「マイブーム」が人生に何回か、来ては去り、去っては来るということを繰り返していたので、星見表やガイドブックを読めば、そうそう、と思い出すくらいには星に馴染んでいた。標高一千六百メートルから見る夜空には、すでにオリオンは去り（つまり、冬の季節は完全に行ってしまったのだ）、北斗七星が堂々と表舞台に上がってきていた。春の大曲線ってあれですよね、と指差した彼方にはカラス座も確認できた。周りの山々の黒いシルエットが、冬の頃と違い、柔らかく深々としずもれて、星々の舞台を支えていた。

星が季節の巡行に忠実なのは当たり前のようだが、人間世界のことにかまけているとき、ふと、空を見上げ、ちゃんと律儀に季節の星が出ているのを見ると、なんともいえない安心感に包まれる。鳥もそうだ。彼らの生きる環境を守りたい、とときに力んで思うけれど、渡り鳥がきちんとその季節にやってきてくれて、ひさしぶりに声を聞いたり姿を見たりすると、なにか、人間の小さな思惑を超えた大きな流れの存在が確実にあることが感じられる。鳥は自然の表徴だ。私たちが鳥を守りたいと思うのと、鳥の存在に守られ、支えられていることは、たぶん、同時に起こっていることなのだろう。鳥も私たちも本当は同じレベルで生きている、運命共同体（こちらが一方的に迷惑をかけてはいるが）。この大きな流れを逸脱して生きていけるはずもない、と肩の力が抜ける。

鳥にまつわる様々なことを教わった二日を終えて、樋口先生たちが去り、一人になった夜、なにか、心の「冷え」のようなものが取れた気がした。季節の鳥と星をたっぷり見て、今夜は薪はいらないと思ったのだった。そのとき、薪の炎が、今まで精神的にも私を温めてくれていたのだと気づいた。炎にもまた、人知を超えた語りを、聞くことは可能なのだった。

3

ハイタカが、ダケカンバやコメツガの林のなかを低く滑空していった。一瞬辺りの空気が凍りついたようだった。どうりでさっきから小鳥たちが静かだと思った。

八ケ岳の小屋には連日キビタキやコガラ、ゴジュウカラなどが訪れるようになった。カラ類は冬場もいるとして、キビタキをこれほどふんだんに、日常的に見られるときがくるとは思いもしなかった。

もっとも、こういう風に書くといかにもずっとこちらに住んでいるようだが、実際は東京と八ケ岳を行ったり来たりで、特に冬の間は車の装備の関係もあり、なかなか来ることが難しかった。道路は一時期凍結状態で、特に麓の川が流れている辺りからは木々が迫って薄暗く、しかも傾斜が急になっているので、そこを乗り切るため、車はスタッドレスタイヤだけではなくチェーンが必要、それも最近の、ワンタッチでつけられるようなお手軽なものではなく、走るたびガチャンガチャンと音がするような旧式のものでなくては間に合わない、ということだった。なんとなく恐れをなして、ひたすら水温むを待っていた。だが、いつまでもそういうことではいけない。このタイヤチェーン問題には、そのうち解決策を見出さねばならない（最初は一番近いガソリンスタンドでお願いするとかしながら）。

暖かい東南アジアで冬を越したキビタキは、五月の初め頃に日本に渡ってくる。渡り鳥でつくづく尊敬してしまうところは、彼らが旅行鞄一つ、それこそタイヤチェーンなどの難所移動ツールみたいなものも一切持たず、すべて現地調達を旨として、徒手空拳でこの気の遠くなるような旅を敢行することである。まったく命がけだ。そしてたいていの場合、前年棲んでいた場所とほぼ同じ場所に帰ってくる。

キビタキは黒の地に黄色や白が入り、腹側はレモンイエロー、特に喉の辺りは黄色がオレンジにまで濃くなった色合いで、この色を見るといつも、栄養豊かな卵の濃い黄身を思い出し、こちらの体内にエネルギーが充塡されたような気になる（せめてなにかお返しできないか、とあれこれ思うけれど、相手は昆虫食だし、そう思うこと自体旅の達人に対して不遜というものかもしれない。タイヤにチェーンも装着できない身のくせに）。日本に渡ってくる小鳥の中でも鮮やかさはトップクラス、囀りも朗らかな美声の持ち主。

最初にここではキビタキが日常的に見られると書いたが、もしかしたら見ているのは毎回同じ個体で、私がここに住むようになる前から彼はここを縄張りとしていたのかもしれない。だとしたら、彼とはこれからも毎年、ここで夏を共にするということである。キビタキと私の寿命が重なる限り。

このことに気づくのと気づかないのとでは生活の張り合いのようなものがだいぶ違ってくる気がする。他の生命と共生しているという「感覚」が、頭の中のものでなく、目の前の空気を伝わって自分の存在の真芯に響いてくる。

4

遅い春だと思っているうちに、いつの間にか季節は駆け足で通り過ぎる。里の山々を車で走ると、鈴を振るようなハリエンジュの花、どこか潔い桐の花、マロニエならぬトチの花、フジの花、そういった白や濃淡の紫が、入り乱れて谷戸を埋め、尾根を覆い、輝くばかりに咲き誇り、咲き渡り、命を謳歌するこの初夏のうつくしさ。

数年前、晩春から初夏にかけて、ドイツを旅した。どこを見てもマロニエの花盛りで、並木通りはまるで木々の大伽藍、見上げるような高木の、てっぺんから枝を差し交わしつつ重なる新緑や、そこを吹き抜ける風や光が、この上なく清々（すがすが）しかった。ちょうどアスパラガスのシーズンで、滞在していたライン河沿いの小さな町の、小さな市場の真ん中に、綿あめ製造機のような風情でアスパラガス剝き機なるものが鎮座していた。その機械の片一方の端の穴にアスパラガスを入れると、あっという間に反対側の穴から皮を剝かれたアスパラガスが、まるでロケットのように飛び出してくる仕組み。それが繰り返されるのが楽しくて、目を丸くして飽かず見ていた。その市場のはずれの古いレストランのテラスで、長い時間をかけて夕食をとった。夜の九時を過ぎても明るく、子どもたちが道路でかくれんぼをしていた。それはちゃんとしたかくれんぼだった（というのも、日本の子どもたちはもう何年も前から「ちゃんとした」かくれんぼができなくなっているらしいのだ。そういう話は聞いていたが、実際自分が住宅街でそういう珍妙な「かくれんぼ」の場面に遭遇するまで半信半疑だった。見つけてもらえない、あるいは自分だけ仲間はずれにされ置いて行かれることが怖くて、見つけられる前に自分から出て行くか、集団で同じ場所に隠れる、というものだった……）。

　陽が落ちて景色も暮れなずんでくると、さすがにレストランのテラスにも心もち肌寒い風が吹いて、それもまた心地よかった。もうだいぶ暗くなったというのに子どもたちはいつまでも外で遊んでいて、少し心配になったけれど、気づけばいつの間にか皆姿を消していた。

春が夏に変わろうとして、大気が気温を少し上げ、けれどまだ湿気の入ってくる余地もなく、乾いた空気を保っていられるときの爽やかさは、何にも例えようがない。この時期に外にいたいと思うのは外国でも日本でも、大人も子どもも皆同じだ。まともなかくれんぼもおかしなかくれんぼも、外にいて風を感じていたい気持ちはきっと同じもので、子どもたちは意識しなくても、心と体の間くらいのどこかに、そういう欲求を持っているのだろう。でなければわざわざ外で遊ばない。

八ケ岳の麓の高原では、オーストラリアから渡ってきたオオジシギが、独特の金属音のような声をあげ、大気を我が物顔に縦横無尽に切り裂いて飛んでは急降下を繰り返している。知らない人が見たら、ちょっと度肝を抜かれる光景なのだが、彼らは何も気にしない。それはそれは気持ちよさそうな、太古からの慣習。

風の来る道

1

先述したアイルランドの漁師小屋のイメージ（一間に炉が一つ、それで煮炊きや暖をとり、さらに洗濯物や漁具を乾かす）が忘れ難く、八ケ岳の山小屋に焚き火のできるコーナー、つまり、耐熱硝子の向こうに炎を眺めるストーブではない、炉床のある土間を継ぎ足したいと思った。家の周りにはカラマツやシラカンバの小枝や大枝が、ふんだんに、落ちているし、いずれこれらを順々に始末しがてら、焚き火のように火を燃やしたい。その火は無駄にせず、調理もしたい。ついては、以前から憧れていた土間も、この際いっしょに実現したい……。このとき頭のなかにあったのは、ヨーロッパの山のなかの家の、母屋とは別棟の、土足で出入りしつつ野菜や家禽（かきん）の下拵（したごしら）えをするような、素朴で大きな暖炉がある、そういう空間だった。玄関の前に、そういう、土足で出入りできるようなささやかな空間が欲しい。できればそこを仕事部屋にしたい。山のなかで暮らすのであれば、何としてでも。

そういう願望とも構想ともつかないものを、管理事務所のMさんに話すと、ぴったりの建築家をご存知だという。漠然と考えていたのは、プロの建築家に頼むのも気がひけるような、納屋のようなものだったが、自分に無い知恵やアイディアがいただけるのは嬉しい。資金が潤沢にあるわけではないので、そういう意味では厳しい条件の「プロジェクト」になるだろうけれど……。恐縮しつつ、紹介していただいたのは、都内に事務所をかまえる建築家・MDさんだった。玄関前にこういうものを、というだけの、こちらの素朴な計画に、例えばとして、陽の光が十分に入るか否か、母屋との連続性等々、いろいろな可能性を持つプランを提案してくださり、一つ一つ、目から鱗が落ちるような思いがした。確かに玄関前は北側だった。迂闊にも光のことまでは考えていなかった。

二度目にお会いしたときには、MDさんはすでに敷地内を見廻ってくださっていて、ある場所にとても心を惹かれた、と語られた。敷地の東側、少し下ったところにある、木立のなかにぽっかり空いた空間は、涸沢の向こうから木々の合間を抜けて、とても良い……（ここで、彼はちょっと言葉を探しつつ）いうなれば、「気」のようなもの、が上がってくるのを感じたのだと。その「気」のようなもの、を受けるようにして、小舎を建てるのはどうか。

それはとても心躍る提案だった。当然のことだったが、建物は光を受け、風を受け、そして気配が育まれ、生活していくものだった。

MさんからMDさんはフランク・ロイド・ライトの流れを汲む建築家なのだと伝えられ、なるほどと思いつつ、そういえば、と思い出す家があった。そこは同じくライトのお弟子さんが建てた家でもあった。

忘れ難いひと、があるように、忘れ難い家がある。そこを設計したひとも、そこに住んだひともとうに亡くなってしまった。私自身その方々に会ったわけでもなく、また、そこに住んだこともないのに、今でも折に触れ、思い出す家が。

2

その「忘れ難い家」に出会ったのは、今から十数年ほど前のことだ。家族の事情で関西から東京に来て、しばらくは集合住宅で暮らしていたものの、預けている犬を早く引き取りたい、資料を置いて仕事もしたい、等々の理由で、このときも相変わらず

「次に住む場所」を探していたのだった。何軒か見学した後、近いうちに古家を潰して更地にし、二分割して売る予定の土地があるが、それも見てみますか、と訊かれた。聞けば大きな公園のすぐ近くだし、犬を散歩させるには絶好の立地だが、買うとなると先立つものがないことにはしようがない、けれどまあ、見るだけ見ましょうか、と車を走らせてもらった。

その「近々潰す予定」の古い小さな家を一目見た瞬間、すっかり心惹かれた。

低い大谷石の塀の向こう側から庭木が緑陰をつくり、木製の扉の玄関周りは少し暗めで、家主がいたなら門燈に橙色の燈がつくのだろうと思われた。潰す家の内部など誰も興味を持たないだろうと、そのとき不動産屋のA氏は鍵を持っていなかった。亡くなった家主は学者さんだったらしいですよ、亡くなった後で遺書が出てきて、その遺志に従い家は長年勤務されていた大学に寄贈され、大学は銀行に処分を委託、今回売りに出されたというわけです。塀の向こうの小さな庭を見ながら、ふと、カール・バルト（二十世紀の神学者）などの著作に徹夜で目を通した老教授が、明け方その庭に出て一息つく姿が浮かんだ。なぜバルト、とそのとき思ったのかわからない。強いていえば手強く自分の手の届かない信仰の、ソリッドなイメージが、その家のつつましくも微動だにしない存在の確かさにオーヴァーラップしたのだろう。私は自分がそう思ったことをメモした（そしてその後、私は彼〈亡き家主〉が宗教哲学者で、本当にバルトの翻訳で名高い方だということを知った）。

私は車を降り、一人で家の周囲を回った。低い門扉は外から簡単に開けることができ、ヤマボウシの白い花、それから主なき後、気ままに根を伸ばしたのだろうスズランの花があちこちに咲いていた。まるで野生のように咲いていた。植木鉢が重ねて隅に置かれ、ホースが片付けられ、日常生活の一部として庭仕事をなさっていた方だったのだと思った。慈しまれ、丹精された植木たち。あれも全部潰してしまわれるんですか。車に戻ってA氏に訊くと、そうだという。それはあってはならないことのように思えた。どなたか丸ごと買っていただける方はいないんでしょうか。それは無理です。ここを丸ごと買うような方は、こんな古家では満足しませんよ。すぐに買い手がついて、八方うまくいくのが、更地にして二分割、そして業者が新築をそれぞれ建てる、という今のプランです。

自分が買えるとは断言出来ないけれど、いろいろ検討するためにもなかを見せていただけませんか、とお願いした。A氏はとても誠実な方で、気持ちよく承諾してくれ、銀行に鍵を借りてくるので、後日改めて、ということになった。

3

取り壊し寸前の家の内部は、とても静かだった。私は編集者のSさんといっしょに、その日の朝、十時頃、家を訪れた。中では不動産屋のA氏と、彼が「棟梁」と呼ぶ方（A氏が、この家が住み続けるに耐えうるものかどうか、チェックしてもらうために呼んでくれていた）が待っていてくださった。もう既に彼らは内部を見て回っていたようだった。腕のある建築家がつくった家だとわかります、と、棟梁が言葉少なに呟いた。玄関から見ると、真ん中を内廊下が走り、それは奥のドアの正面で止まっていた。その内廊下の左手には階段がまっすぐ二階まで伸びていた。そして右手は壁で、ドアが三つ。手前の二つは、並んだふた部屋のもので、三つ目のドアは、リビングから台所へ向かうらしかった。

右側手前、一つ目のドアを開ける。簡素な、外国の学生寮のような一室で、作り付けのクローゼットと本棚、寝台、それに机が置いてあった。窓からは庭の緑が堪能できる。隣もまた、同じ作りで、両方の部屋の間の壁の真ん中に、十センチ四方ほどの小さな窓があった。これ、何でしょう、覗き窓？　私はSさんと話し合った。ご伴侶と二人暮らし、それぞれが個人として精神生活を送ることにしていたけれども、互いの健康状態も含め、必要とあらばすぐに動静を確認できるように、繋がりは保っている、小さな小窓はそう語りかけてくるようだった。その気になれば声はかけられる。けれど、あくまでも「個」と「個」なのだ。故人が一九〇五年（明治三十八年）生まれだということを考えると、驚くべきことのように思える。その仕切りの壁には、天井のラインに沿って細長い木枠が高くはめ込んであり、硝子戸が開け閉めできるようになっていた。同じものがリビングとの仕切りにもあり、空気の流れのためだろうか、と私たちは話し合った。

部屋を出て、内廊下の突き当たりのドアを開けて、思わず驚きの声をあげる。なんとそこは、長い西洋式のバスタブと、トイレ、洗面台がある、広いバスルームになっていたのだ。最近のユニット式などではない、経年変化か、多少緩やかな凸凹があるような気がするものの、懐かしい細かなタイルが床一面に貼られている。バスタブに体を浸せば、ちょうど目線の先に庭の緑が見えるように窓が設置されている。まさか中央に配された内廊下がまっすぐにバスルームに向かっているとは思いもしなかった。

このすぐ後、出版社経由で講演の依頼があった。珍しく引き受けることにしたのは、それが偶然にも、この家の亡きご主人が長年勤務されていた大学からのものだったためだ。そちらを○年ほど前、退官されたM教授のことについて、お話ししていただける方がいらっしゃったらお会いしたいのですが、という希望を、すぐに検討してくださり、オーケーが出た。まるで見えない誰かのアレンジに従うように、私はその大学へ向かったのだった。

4

休みの日のプラットフォームは、がらんとして人影もまばらだった。私はその日、M教授と面識のあったスタッフから彼の思い出話を聞かせていただくことになっていた。初めての場所だった。電車を降りると、傍を先導して歩くM教授の背中を感じた。Sさんとあの家を検分していたとき、作り付けのクローゼット内部の仕様を確認しようと、（とはいえ不躾（ぶしつけ）さに）ためらいながらもクローゼットを開けた。そこには小柄な紳士用コートがずらりと掛かっていた。地味だが仕立ての良い、そして手入れの行き届いたコートだった。それを見た瞬間、そしてその実直な毛織の風合いを感じ取った瞬間、M教授の実在が確かなものとして私の精神の内側に入り込んだ。

迷うことなく初めての土地を歩けたのも、そのことをまるで目に見えないM教授の後ろ姿に導かれるようだと感じていたのも、このときの「コート」の印象が強かったせいだろう。

通されたのは図書館の応接室。待っていてくださったのはＳＭさんとＭＭさんだった。ＳＭさんはＭ教授が学長をなさっていた頃、新任教員として入ってこられ、近しく接しておられた。「『対話』ということをとても大事にされた先生でした。大学は一人一人が真理に出会い、人格的に交わる場でなければならないと考えておられたのです。学生紛争の折でさえ、実に忍耐強く、柔和でありながら真剣に対応されていました。そんなときでも、毎日の礼拝には欠かさず出席なさっていました」。対話、ということが、彼にとってどれほど大切な言葉であったか、私はこの間読み込んだ彼の著作から知っていた（私には過去に挫折していたバルト神学との出会い直しでもあった）。一対一。一人一人との出会い。彼亡きあとまで、その精神はあの家に充満し、ああして私と「出会って」くださっていたのだろうか。

私が最初にお宅の庭に入ったとき、スズランがあちこちに咲いていた、という話をすると、「先生の研究室の窓のすぐ下にも、スズランが群生していました」とおっしゃり、もしかしたらそこからご自宅に何株か移されたのかもしれませんね、という話をした。しかし、それから十数年経った今、改めて考えると、スズランは、a lily of the valley——直訳すれば、谷間の百合である。「谷間」も「百合」も、そして「谷間の百合」も、聖書にはよく出てくるフレーズだ。教授ご自身がスズランを愛し、そしてスズランを植えていた、という可能性はないだろうか。

考えれば考えるほど、そういう気がしてきた。

不動産屋のA氏は先方に話をしてくれて、更地にして二分割した場合の代金（つまり二軒分）を払うなら、古家ごと譲ってもいいということになった。私は私の銀行に相談し、資金を融通するにやぶさかでは（詳しい審査を経ねばならないのはもちろんだったが、少なくとも門前払いは）ないという好意的な返事を受け取った。これで（現実には難しいだろうが自分のものにして）古家を残すということが、まったく不可能というわけではなくなった。

5

ＳＭさんの思い出話のなかには、Ｍ教授のご伴侶についての言及もあった。「お電話するといつも奥様が出られて、用件をお話しするとそれを先生にお伝えになり、お返事もまた奥様が電話口に戻って伝えてくださって……。いつも儀式のように同じでした。あの世代の方ってそうなのかな、と思っていましたが、お会いすると、ご自分のご意見はちゃんと主張される奥様でしたよ。京都の方でしたが」

ああ、ご伴侶は京都の方でしたか。それで、幾つかの疑問が氷解した。二階に八畳ほどの床の間付きの座敷があり、そこに北山杉が用いられていたのだ。介護を視野に置いた、機能的で質実なバスルームに代表されるように、全体にピューリタン的な簡素な美意識がうかがえる家のなかにあって、その座敷だけが異質だった。私自身長い年月を京都で過ごした経験があり、あの土地の人びとが床の間に北山杉の磨き丸太を使うことへのこだわりをよく知っていた。二階はその座敷と、小さな書庫兼納戸のふた部屋だけだったが、その書庫兼納戸の階段側の壁には窓があった。階段の吹き抜けと書庫の窓との間に、風の道が作ってあったのだった。二階の空気の流れが内窓の開閉で調節できるようになっていた。さりげないけれど、作った人はただものではない、と私たちは嘆息した。自身も建築を学ばれた不動産屋A氏は、「本当によく考えてありますよ、この家。光とか風とか、庇のちょっとした長さとか、窓の位置とか」。

M教授のご伴侶も小柄な方だったのだろう、台所の収納も、それに合わせて作ってあり、書類入れのように数センチほどの間隔で縦に仕切り板を入れた棚には、小さな丸盆が何枚も収納されていた。いわれればそれはまさしく昔の京都の人びとのライフスタイル――片手でも持てるような薄手の丸盆に番茶やほうじ茶を入れた湯呑みを乗せ、日に何度も、台所とリビングを出入りする――に馴染んだもので、建てた建築家は、家財の数々に目を通したあとで、その収納にも心配りしたのだと思い至った。そして、その建築家の名は、ひょんなことからわかった。M教授が亡くなられたあとに出た、追悼集に目を通させていただいたときのことだ。

様々な人びとが、M教授の人となりを伝えていた、謹厳実直、けれどユーモアを忘れない、気品のある挙措、学生のどんな質問にも真摯に答える誠実さ……等々。そのなかで、M教授宅は、帝国ホテルを設計したライトの弟子、遠藤新の次男が設計した、という記述が出てきたのだ。調べると、それは遠藤楽さんという建築家だった。もう亡くなっていたが、ご自身もアメリカに渡り、ライトの最晩年の弟子となっている。親子二代、ライトに学んでいた建築家だった。その彼の作品集が出版されているのを知り、取り寄せた。本をめくると、間違いなくあの家を建てた人だ、と、確信した。特徴的な大谷石の使い方、奇をてらわぬ心地良さと品位。

6

取り寄せて読んだ遠藤楽氏の著作には、日本人がかつて持ち慣れなかった「プライバシー」というものを、建築のなかでどう実践していくか、という課題についても述べられていた。私はM教授宅のふた部屋並んで作られた簡素な個室と、仕切りの壁の真ん中に開けられた穴、小さな窓を思い出した。空気の流れは、気配の交流でもあるのだな、と思った。まったく独立した個同士が住むというのではない。それは普段のご夫妻の昔風な在り方とも違っただろう。それでもあの部屋の配置は、夫人（個人名を存じ上げないのでこう呼ぶしかないけれど）にある種の解放感と精神的自立へのさらなる後押しを、無言のうちに感じさせていたのではないだろうか。また、湿気の多い日本の風土を考えて、基礎を徹底してコンクリートで立ち上げる、という趣旨の部分を読んだときにも、あの家の床下が脳裏に浮かんだ。内覧した日、シロアリの害はないかという私の問いに、A氏が呼んでくれた棟梁は床下を検分し、感嘆の声をあげた。「こんなに基礎にしっかりコンクリートが入っている。これならシロアリなんか絶対に大丈夫です」

リビングの、壁に近い部分には、遊びのように大谷石でマントルピースが組んであった。それもまた、必要なゆとりのように思われた。台所の動線は、小柄な夫人に合わせて考えられてあるようだった。昭和四十年前後に作られた家である。今でこそ介護を視野に置いた家づくりが注目を浴びつつあるが、全体に小さな作りの家に、不釣り合いと思えるほどの広さがバスルームに費やされていたのもまた、当時としては画期的であっただろう。いよいよ残さなければならない家のような気がしてきた。

けれど考えに考えた末、私は結局その家を購（あがな）わなかった。

家の購入を断念したことを不動産屋A氏に伝えてからは、その後の顚末を見たくない気持ちと、見届けなければならない、という思いが拮抗（きっこう）して時間ばかりが経ち、私がそこを再訪したのは二ヶ月の後だった。家屋はもちろん、庭の植木、一木一草に至るまで消え去り、関東ローム層の赤茶けた土が剝き出しになった、ただの「土地」があるだけになっていた。ブルドーザーが入ったのだ。まだ土の匂いのする生々しさのなかで、すでにタケニグサやエノコログサが生え始めていた。タケニグサなどは、荒地に生える草であり、以前そこが庭だった頃は影も形もなかったものであった。呆然としていると、外に出ておられた隣家のご婦人と目が合い、事情を聞くことができた。

ブルドーザーは早朝に突然やってきた。そしてあれよあれよという間にすべてをなぎ倒していったという。「でもほら、あのコンクリートの部分だけはどうしても歯が立たないって、結局残していったの」

耐久性増せよ、と、しっかりと立ち上げられていた基礎は、さぞかしブルドーザーに抵抗したのだろう。確かに赤土のなかにコンクリートの残骸が、これは家の基礎と聞かされねばわからないような姿で、そこにあった。

7

私がその家を諦めた理由は、図らずも編集者・Sさんがふと呟いた言葉に集約されていた。

「梨木さんがこれほど惹かれているのは、M教授ご夫妻の精神の佇まいのようなものが、ここにあるからでしょう。でも、梨木さんがここに住んだら、それは消えてしまうんじゃないかしら」

それはまったくその通りなのだった（Sさんは、私に買わせたくなくてそういったのではなかった。不動産屋A氏に値下げ交渉までしてくれていたのだから）。

この家は、遠藤氏がM教授夫妻の暮らしに合うよう誂（あつら）えたオーダーメイドの服のようなもので、いっとき私がそれに憧れて無理に購入し、背伸びをして暮らしを合わせたとしても早晩無理がくるだろう。やがて破れも生じるだろう。気がつけばすっかり自分の趣味が、蔦（つた）が絡まるようにこの家を染め上げていくだろう。それは見たくはなかった。

ひとの気配は残り香と同じで、なにかの折に甦ることはあっても、永久に留まってはくれない。現にあれほど濃厚だった山小屋の元の所有者、今は亡きK氏の気配も、以前ほどは感じられなくなってしまった。だが生者が死者の痕跡を塗り替えていくことは、健康な営みなのだろう。

更地になった家の跡地を見に行った日、出会ったお隣のご婦人（品のいいおばあさまでいらしたが）の、夫妻の思い出話を拝聴しているうちに、この方にお会いできたのも、偶然とは思えない、と粛然とした感情に襲われた。

M教授夫妻がそこに土地を購入したのは昭和三十年代で、同じ頃、お隣もそこに家を建てた。当時は各戸、庭に井戸があったのだという。だが水道設備が完備するようになると、井戸は無用になりそれぞれ塞がれた。「それがあなた、ブルドーザーが入った日の夜、その塞いでいたはずの井戸があった場所から水が湧き出して、道路まで溢れてしまったんです。向かいの若いご夫婦は、そんな時代のことなんか知らないから、水道管が破裂したと思い、水道局に電話してひと騒ぎ」。それを聞いて打たれたような思いになった。私はそれを、聖書のなかで言及される「命の水」が、こんこんと湧き出した場面のように感じたのだった。自分の亡き後、土地家屋一切の処分を次世代に任せた、聖書学者M教授、対話を大切にした彼の、(無理に残そうとした私への)メッセージのように。

北の国の山野で山火事が起こった後、焼けた大地から真っ先に芽生えてくるのはシラカンバやヤナギランだ。彼らはパイオニアの植物なのだ。私はM教授宅跡地に生えたタケニグサを見て悲しく思ったのだが、本当はそんな感傷に浸る必要はなかったのだ。タケニグサは新しい土地の歴史の幕開けを意味していたともいえる。命の水は脈々と受け継がれるのだ。跡地に建てられた二軒の家にも若い人びとの声が響き、新しい風の道が出来るのだろう。学生たちを含め、彼の命の水を汲んだ人びとも皆、他の誰でもない、自分の生を生きていく。そんなメッセージが、返されたように。

8

M教授宅の佇まいは、そのままM教授の精神の佇まいそのもので、そしてご夫妻の生活の在り方がそのままトレースしてあるようなものだった。その清らかさに惹かれ、そして購入を諦めた。そこは私などが住むための家ではない、自分の生を生きていかねば、ときっぱり諦めたつもりだった。

だが今でもときどき考えるのだ。旅をするように、「自分ではない、別の誰かのために作られた家」に住まうことはできなかったのか。そもそも旅の空の下を日常とするような生き方に憧れていたのではなかったのか。旅の途中で宿坊に泊まるように、修道院の一室を借りるように、気配を味わいながらそこに住むことは出来なかったのか。繰り返し、そういうことを考え、もう考えても仕方がないことに時間を費やす自分に呆れた。まるで喪の時間のようだと思った。

そして今になって、そういう自分が、亡きK氏の建てた山荘を、何の葛藤もなく家具や調度もそのまま、ヤドカリが移り住むように購入したことの不思議を思う。ロフト部分を合わせても2LDKほどの、決して大きくも新しくもない山の家を、訪れてくれた人は皆、居心地がいいといってくださる。

たぶんこの家は、他者に対して開かれているのだ。M教授のように神を見つめ自分自身をストイックに掘り下げていく生活は、書斎という閉ざされた空間が中心でこそ可能な営みだったのかもしれない。そのことと、外部へまなざしを向けることが相反しない――つまり、自己に沈潜できることと、開かれて在ることが共存できる――空間が可能だとすれば、それは、深く開かれて在る、という状態のときだ。日常を深く生き抜く、というフェーズにおいて、その両方は共存できるはずなのだ。

新しく付け足す土間の空間は、そういうものにしたかった。水廻り設備は母屋にすでにあるので、新しい空間は、生活上どうしても必要なところというわけでもない。けれどそこを、庭作業（落ちた枝や枯れ木等を暖炉で燃やす、等の）もできれば煮炊きもできる、人も迎えられる、そして原稿を書くこともできる、という場にしたい。そのためにはやはり、母屋から離れているより、玄関部分に接したほうが、誰か訪ねてきたときにすぐ対応できるし、母屋の水廻りにも接近しやすい（予算の関係もあり、水廻りはつくらないつもりだったので）。生活する、森の書斎。

風や光や気配の流れまで考えて、母屋から東に離れた場所の建築を提案してくださったMDさんの第一案は魅力的なもので、助手のSさんの手により敷地内の樹木まで美しく再現された模型も出来上がっていたのに、やはり北の玄関前に、と計画の変更をお願いした。自分でも、なんと気まぐれな施主（詳しくは書かないが、実はわがままはこの限りではないのだ）、と申し訳なく思う。MDさんは快く変更を引き受けてくださったものの、もとからある玄関と、新しい小屋をどう連続させるのか、このときの私にはまったく想像がつかなかった。

9

道路に面した敷地の入り口から玄関までは、車を置くスペースと、そこからの小道が、亡きK氏によってすでに作られている。惜しいけれどもこの小道の大部分を、今回小屋に割くわけになる。

玄関スペースの延長としての土間、という漠然としたイメージを持っていた私は、MDさんが出してきた第二案に驚いた。

（彼の説明によると新しい小屋を）母屋にくっつけて、ということはやらないほうがいいと思う、雨水の処理のことなどを考え合わせても建物に負担がかかり過ぎるので。母屋の玄関ドアはそのまま残し、そこから小屋へと出入りする。けれど雨に濡れる時間はできるだけ短くしたい。

彼らの携えた新しい模型では、小屋の屋根が長く伸び、そこにさらに壁ができていた。その壁と、小屋の本体の壁（ドア付き）の間に、天井のある小道ができていた。

「まるで回廊（コリドー）のようですね」

「そうなんです、これで駐車場のほうからも直接玄関に行ける」

「冬場、吹雪よけに動物たちが利用してくれるかも」

喜びに浮かれたあまり、いかにも物語作家らしいことをいいながら、私はこの模型に見惚れた。合理的で、うつくしかった。

前回も書いたように、水廻り設備はすでに母屋にある。ハレとケでいえば、ケの部分は母屋でまかなえる。新しい小屋でことさら料理や庭仕事などの作業を一人で黙々と続けるということは、かなり意識的な作業になるのだ。ハレとケの、中間で起きることのような。そのことを足がかりにして、日常性から新しい意識の海へ潜れるような気もしていた。自分自身と、空間との関係。

建築家が個人のライフスタイル――生活の癖とか、趣味とか、家族構成とか――にぴったり合った家をデザインする。それは理想的なことだと思う。けれど、体に付き過ぎる服がゆとりの部分なく窮屈であろうように、そういう家は、個人の嗜好や習慣の変化にあまり「寛容」でないのではないか。M教授の家は、彼らに子どもがないこともあり、確信犯的にそうつくられていたのだけれども……。

そういうことを考えていたとき、MDさんの著作にあった「……住まい手の状況にも、振れや変化があるだろう。そうした動きをそっと包み込むような幅のある空間」

をつくること、また、家づくりという非日常的な瞬発性を持ったものから離れたその後の日々の「日常を支える」視点、というような叙述に触れ、ここ何年も、友人との会話や書簡のやり取りのなかで出てきた、「寛容」という言葉を、建築の場でまた思い浮かべるとは、思いもしないことだった。

ストーブの話

1

まさかこの猛暑の八月に、ストーブを焚くことになろうとは思わなかった。八ケ岳の中腹のこの地域では、数日雨模様の日々が続いて、ずいぶん気温が下がっているなあとは思っていたのだが、やがてこちらの体温まで下がり始め、ちょっとやそっと風呂に浸かったくらいではとうてい間に合わぬほど、冷えが体の細胞の隅々まで入り込んできた。これはきっと東京にいたときの続きだ。猛暑のあまり、昼夜問わず冷房をかけ続けた結果、溜め込んだ冷えが、どっしり居座ったオホーツク海高気圧のように、ここにきて大いに存在感を強めているのだろうと思う。

冷えは私の持病を活発にする。一時期は温熱療法にまでトライして、体から駆逐しようとしていた冷えであったのに、いつの間にか対処を怠るようになった。そのつけもまわってきていたのだ。

今年（二〇一八年）の夏、メディアはこぞって「命に関わる猛暑」だから、迷わず冷房をかけろと号令のように唱え、実際冷房なしでは意識が朦朧としてくるほどの暑さだし、それは夜間も続いたので、うっかりこんな、骨まで冷えを浸み込ませてしまうような事態になってしまったのだろう。こうして少し涼しい場所に来ると、バランスの取れなくなった体が悲鳴をあげる。

真夏の午後。驟雨、と呼ぶことももはやできぬほど、長く続く雨。凄まじい雷鳴が空気も裂けよと轟くなか、暗くなった室内で灯をつけ、毛糸のカーディガンを着込み、毛布にくるまって仕事の資料を読みふけっていると、いったい今がいつなのかわからなくなる。ふと目を遣った窓の外の、雨に打たれた緑陰の濃さで、季節が夏だったことを今さらのように思う。夜になって、いくらなんでもこの真夏に、とさすがに躊躇っていたのだが、ようやく、ストーブを焚く決心がついてきた。なんに遠慮していたのだろう。自分の体に必要なときに焚けばいいのだ、と思えば、気持ちもすっきりした。

拾い集めていたダケカンバの樹皮を着火剤として下に敷き、小枝を組み、少し大きめの枝をその上に置いて、火を着ける。そこでなにか忘れていたことに気づき、そうだった、そうだった、と、煙突ダンパー（煙の流れを調節する）を開ける。火が全体を包み込むように回ってきたところでストーブの扉を閉める。やがて炎がオーロラのように舞い始める。うまく燃えている。三十分もしないうちに、空気が柔らかくなる。カーディガンを脱ぐ。遠赤外線効果等、目に見えない科学的な作用が炎にはあるのだろうが、まずもって、視覚的な暖かさが脳に作用する力も測り知れない。さすがに一時間もすれば、暑いかな、と感じ始め、火力調整のレバーを押し、火の勢いを弱めていく。金属音がするかと思うほど冷えたビールのようだった体が、普通に冷えたビールくらいになったときの、小躍りしたくなるような喜び。やがて深い赤の明滅するうつくしい熾（おき）が、ストーブの床全体にできて、体が体温を取り戻していく。あんたは偉いストーブだ、と褒める。

2

この猛暑の八月、ストーブを焚いたのはそう何回もないが、ストーブを焚いて体を養生する、こともあるのだと学んだ月だった。ストーブを設（しつら）えてくれたのは、ＫＭさんだ。日本のストーブ文化の草創期から、職人としてオリジナルのストーブも手がけつつ、普及に努めてこられた方である。今回の一連の工事のなかで初めてお会いしたのだが、子どもの頃、「メリー・ポピンズ」の煙突掃除人を見たのが暖炉やストーブに興味を持つきっかけになった、とおっしゃっていたのが印象的だった。

「メリー・ポピンズ」の煙突掃除人は魅力的だ。登場する銀行役員たちに比べればはるかに夢やロマンがある。その夢やロマンに力があるのは、当時、煙突掃除には苛酷な労働というイメージが強く、それが逆説的に作用したからだろう。

産業革命時代の英国だけでなく、欧州全般でも、児童虐待にほぼ近いような労働環境で、貧しい子どもたちが煙突掃除を強いられていた事例が多くあった。困窮した農家から口減らしのため子どもが売られ、山椒大夫のような親方のもと、ろくに食事も与えられずに（太ったら煙突のなかに入れない）、仕事をさせられていたのである。だがそれは都市部の話で、炉や煙突というものは、昔の生活には今の電気のように必需品だったので、そのメンテナンスの方法もまた地域色があり、とても興味深い。

九州の実家から通えるところにある山小屋にも、建てた三十年前から大きく無骨なストーブがあり、付き合い続けている。当初は、思い切り薪をくべ続けると、ロフト部分は半袖でも十分なほど暑くなったものだったが、次第に熱効率が悪くなった。その煙突はステンレス製で、直径が数十センチはある大きなものなのだが、途中から分解（？）ができ、先日三十年ぶり（つまり、作ってから初めて）に業者の方に頼んで掃除をしてもらった。外した箇所（煙突はストーブから垂直に伸びているが、途中から水平に走っている、その部分）の写真が送られてきて、見ると白っぽい灰がいっぱい詰まっていて驚いた。もちろん、かまどのように使っていれば、獣脂などがこびりつき、事情はもっと違ってくるだろうことは容易に想像できる。

これまでに何度か言及した、太古から同じスタイルと思われるアイルランドの昔の漁村の素朴な炉辺には、煙突はなかったように記憶している。さぞ煙かったことだろう。同じアイルランドでつい最近まで使われていた農村部の煙突は、台所の炉辺から出ており、その炉辺が家中の暖房も担っている。いわゆる暖炉を思い浮かべてくださればいい。壁に人一人入れるような大きなくぼみがあり、その床で煮炊きをするのだ。くぼみの壁にはあちこちに凹みがあり、そこへ鍋などを入れて保温することができる形状のものもある。また自在鉤が、日本の囲炉裏だと炉に垂直に吊り下げられているが、これは炉に水平に回転するように軸が設置されていて、鍋、釜、やかんを炎に近づけたり遠ざけたりできる仕組みになっている。

3

『アイルランド冬物語』（アリス・テイラー）は、戦後すぐのアイルランドの農村事情が子どもの頃の著者の目を通して書かれたものだ。年に一度行う、クリスマス前の煙突掃除についても詳しい。

原則的に大家族で移動するジプシー（今はロマと呼ぶのだろうが）の一人なのに、群れるのが嫌いな「ネドおじさん」は、寡黙な職人肌で、初冬になると、鮮やかに塗られた荷車をポニーに引かせ、犬とチャボを連れて村に現れる。一年間毎日火の絶えることなく使われた、各戸の煙突を掃除するためだ。専用のブラシを何本も抱えて彼が客の家に着く頃には、家のかまどは（前述したように、かまどとはいっても、日本の農村の鍋釜を置くためのものとは違い、形としては床の高さに炉床を持つ、大きな暖炉のようなものだ）一年に一度だけの火の気のない状態にされ、煤の状況を確認するため、ネドおじさんは煙突の下に体を入れ、上を見上げる。煤のない状態では、そこから空が見える。空の見える量が少なければ少ないほど（つまり、煤がたっぷり付いていればいるほど）ネドおじさんは感嘆と満足のうめき声をあげる。そしててっぺんまでブラシが通るように、何本ものブラシを順々にボロギレで繋げ、煙突の上の方へ通していく。すると煤の塊が次々に落ち、そのたび黒い霧が室内を覆い、煤は黒い綿毛のように漂ってありとあらゆるものを覆い尽くす。そしてついにブラシの先が煙突の外に到達し、本格的にブラシを動かし始めると、煤は滝の雨となって降り注ぐ……。

煤の凄まじさの描写が面白い。彼らが使っていた燃料は泥炭(ピート)だったので、煤の付き具合は、薪の比ではなかっただろう（泥炭はいわば沼地で腐らずに沈殿していった植物の死骸の堆積である。石油や石炭にとって代わられるようになっても、それらの価格が急騰したときは需要が高まるし、またこの香りを好む人びとも常に存在するので、泥炭掘りは今も行われている）。

最後に煙突を下から覗いて、煙突の形に青い空が見えていたら終了。サンタ・クロースの通り道が出来たのだ（煙突掃除にお金を払いたくないばかりに、代替として、生きたガチョウやニワトリを煙突に放り込む、という邪道もあったらしい。愛鳥家が聞いたら卒倒しそうな、とんでもない話だ。羽を羽ばたかせるので、煤が落ちるというのだ……）。

炉辺から遠ざけられた鍋や釜、あらゆるものが元の位置に戻され、炉の片隅が定位置だった年寄り猫も戻ってくる。寒い地方の家で、炉が一家に一つ、ということは、家中の生き物が、そこに集まる、ということだ。家族の愛情を云々しているのではない。生存するために、それが必要なのだ。話が弾むこともあれば、各々手仕事に専念していることもあるだろう。食事が済めばそれぞれの部屋に散っていく、という現代の「自由な」家族の在り方とは違う。絆が、生きるために否応なく必要だった。

4

『アイルランド冬物語』に載っている煙突掃除の話を続けよう。主人公の女の子アリス（著者の小さい頃）は、村はずれで一人暮らしをしている、偏屈で有名な、人嫌いのネルばあさんがどういうわけか好きで、邪険にされても気にせず遊びにいく。ある日父親に、ネドおじさんが村にいる間に煙突掃除を頼むように、という伝言を託され、ばあさんのもとを訪ねるが、ばあさんはそんなことは意に介さない。ネドおじさんに払うわずかな賃金が惜しいのだ。ばあさんの持つ小さな農場の収穫を村人たちが手伝ったときでさえ、食事一つ出そうとしなかった。「力仕事をする夫のいない隣人の手助けをするのはキリスト教徒としてのお前さんたちの務めだよ」とのたまう。すると女の子の父親は、「あんたといっしょにやっていけるような男がこの世に一人でもいるもんか」と返す。ばあさんはさらに、「きたない仕事をするほかに、あたしゃ、自分の人生に男なんかいらないね」と断言する（ここにもまた、男性優位社会に馴染まず、しかし時にはそれと折り合わねばならない葛藤を抱えた女性がいたのだった）。

だが、煙突は掃除されねばならない。そうでなければばあさんの家の草葺き屋根は早晩火を噴いてしまう。

ばあさんは、アリスを屋根の上に這い上がらせ、ハリエニシダの枝を渡す。アリスは屋根から落ちる恐怖と戦いながら、なんとか煙突のところまでたどり着き、中を覗く。「黒い、黒い世界」だ。その中へ、ハリエニシダの枝を、押し込む。枝がそのまま煤ごと落ちてくれることを願って。だがネルばあさんの煙突の手強い煤はびくともしない。くじけないネルばあさんは、アリスにあの手この手を指示する。一度アリスがバランスを失って屋根から落ちそうになると、ばあさんは心配するどころか、諭すように、「いいかい、ちゃんと真っ直ぐに立って、そんな馬鹿な真似をするもんじゃないよ」。アリスもさすがに、「わたしは落ちて、首の骨を折るところだったのよ」と抗議する。するとばあさんは迷惑そうに、「いったいなんのために、そんなことをするんだい？」と訊ねる（ここが全篇で私の一番好きなところ）。

結局、煙突の上から、縄の両端をそれぞれ、ハリエニシダの枝の両脇にくぐらせ、下で待つばあさんの手に届かせることに成功する。ばあさんは少しずつ力を加え、両端を引っ張る。煤の塊が一挙に落ちる。ばあさんの消え入りそうなうめき声が聞こえる。心配したアリスが「だいじょうぶ?」と声をかけると、「扁桃腺と目ん玉が煤だらけだよ」……。

痛快なほど自分自身の生活を守り抜くネルばあさんは、孤立を怖れない。

彼女のやり方ではハリエニシダだが、西洋ヒイラギの枝を交互に束ねてその真ん中をくくり、煙突をくぐらす方法もあったようだ。ヒイラギの方が穏当だ。ハリエニシダは、早春のアイルランドの荒野を彩る鮮やかな黄色の花を咲かすが、棍棒に鉄条網を巻いたような代物だ。ネルばあさんの煙突には合っていたのかもしれない。

長く使われるもの

1

見るたび暗澹たる気分になるのは、海辺に打ち上げられたプラスチック製品の残骸の写真である。この時代に生きる人間の多くが、皆、何らかの形で、「加担してきた」ことの結果だ。無論こんな結果を望んでいた人などいない。けれど日常のちょっとした場から――コンビニ弁当でも駅前の大手チェーンのカフェでも――膨大な量のプラスチックが廃棄される運命にある。

この類の容器が、最初に生活に入ってきたのは、豆腐のケースあたりだと思う。私が小学校に入学した年の前後であった。その容器が嬉しくてドールハウスに重宝した。そうそう、それ以前から、鉄道の旅では駅弁とともに、お茶が紐付きのプラスチック容器（蓋が小さな湯呑み代わりになる）に入って売られていて、これもまた持っているだけで旅の非日常感が感じられ、嬉しかったものだ。つまり、そういうものが目新しく感じられた時代であったのだ。

だがこのとき決定的に「目新しかった」のは、ものそのものではなく、「長く使われることを考えて作られていない」ものが、大量に作られるようになった、そういう時代に入ったという意識だろう。それらは「とりあえず使われる」ためのもので、長い間手もとに保管して愛しむようには作られていないのだ、という認識。今、プラスチック容器などを溜め込んで自宅がゴミ屋敷化するという事態が頻発するのも、当人たちがこの辺の「意識」を取り込むことに抵抗があった世代である可能性もあるし、人にはそもそも、ものを愛しみ、長く使い、手もとに置きたいという潜在的な欲求があるのだ、ともいえるかもしれない。古い家を修復して、住み継ぐこともまた。

破壊と創造を繰り返すことこそが、常に生き生きとした活性化への（経済の面でも）道だという考え方もあっただろうが、その結果がこうした使い捨て文化に繋がりデブリの堆積を招き、どうしようもない閉塞感の漂う世の中になったと思えば、これはやはり、失敗だったのだ。

長く愛しめるものに出会いたい。シンプルでうつくしいものに。さもなければいつか土に還ってくれるものがいい。気に入った収納や本棚がないとき、私は好んで段ボール箱を使ってきた。二重にするなど工夫をすれば紙であるのに力強く、積み重ねられるし、何より質素な雰囲気がいい。ホームレスの人たちが、段ボールを重宝する気持ちがわかる。プラスチック製品よりよほど肌に合い、温かそうな気がするのは、いつか土に還るという素性の確かさが感じられるからではないだろうか。長く使うものではない、という「諦め」が、あらかじめ段ボール製品には組み込まれていて、愛玩されることを自ら拒絶している雰囲気がある。愛着の持ちようがない。使い捨てなのに妙にデザインが秀逸で、捨てるたびに胸が痛む思いのするようなプラスチック製品よりはよほど潔く、こちらに心情的な負担をかけない。

これもまた、長く使われることを考えて作られたわけではないのだ。……なのになぜか長く残ってしまう。

2

一箇所にセカンドハウスを持つより、ホテル滞在をする方が、メンテナンスや掃除等、いろんな面倒がなくて気軽だし経済的だ、という意見をよく聞く。確かに塵一つ落ちていない部屋や気持ちの良いシーツなど、ホテル滞在の楽しさはあるけれど、その空間で心からリラックスできるかといわれれば、何人の人ができると即答するだろう。そこはたいていの場合、いうなれば、初めて出会う場所なのだ。初めて会う人と共にいるように、どういう相手かわからない緊張が、そこはかとなくあるのではないだろうか。翻っていえば、リラックスできる場所とはどんなところなのか。

以前、九州の山小屋に小さな和室を作ったときのことだ。家具は何も置いていないけれど、少しの滞在でも本は溜まる。その地方にしか置いていない類の本を、その地方の本屋で求めてしまうからだ。そこで、段ボール箱の側面を下にして、蓋部分を内側に折り、内部に本を並べた。他の部屋に置くには不自然だったので、その何もない和室に置いた。それだけで、何ともいえない親和性が、部屋に生まれた。なんというか、「自分の」家らしくなったのだ。こういうことは、例えばキャンプで設えたテントの内部でも起きる。小さな簡易テーブルを置いただけで、そこは自分の何かがくつろげる空間になる。

異国で知人が老人ホームに入居するときの手伝いをしたことがある。入ってまずしたことが、出窓に彼女がいつも家で使っていた織物を敷き、その上に彼女の愛する家族の写真を並べたことだった。どことなくよそよそしかった部屋の空気はがらりと変わり、そこは彼女に属する「部屋」となった。

こういうものは、取り立てて長く使うことを目標にはしていない。段ボールの箱などは「とりあえず」もいいところだ。テント内のテーブルなどいわずもがな。それでもそれは、「家具」というものの本質を伝えてくれているように思う。過去に経験した、引っ越しの荷物が全部運ばれた後の、あのがらんとした寂しさの由縁もまた、そこにあったのだろう。一瞬で、自分と何も関係のない場所になったような衝撃。家具と自分は、実はどういう関係にあったのか。

どんな高級ホテルに泊まり、由緒ある家具調度にほれぼれしても、そこにはこの類のくつろぎはない。つまり、自分の場所、と感じられないのだ。置いてあるチェストにスーツケースの中身を移せば、それなりに落ち着くかもしれないが、長くて数日の滞在のために、そんな時間を割く気にはなれない。それをしたらさぞ優雅な気分になるのではないかと思うが、忘れ物を増やすのが目に見えていて未だに実行したことがない。

本当の「落ち着き」やリラックスは、あるものを置くことで自分自身のなにかが外部に投影されたように感じ、さらにそう感じた場所が、むやみやたらな「侵入」から守られているとき生じるものではないだろうか。

自分の部屋、その空間を愛しむことは自分自身とうまく付き合っていく第一歩のような気がする。

3

以前、青森県八戸市の是川縄文館を訪れたときのことだ。木工はもちろん土器にまで漆がかかり、美しい彫刻が施されているのを見て、感銘を受けた。赤く塗られた櫛や弓など、使っていた人はこれを気に入っていたんだろうなあ、としみじみ思わされ、縄文時代の生活に思いを馳せた。

民芸という言葉が発明されるずっと前から、人は愛しめる道具を身の回りに置きたいと欲してきたのだろう。それは長い人生を歩み抜くための杖のような役割をするから。だが杖はありすぎても混乱する。

前回、空間に「ものを置くことで自分自身のなにかが外部に投影されたように感じ」ると、落ち着きが得られるという意味のことを書いたが、気をつけなければならないのは、その「もの」がむやみと増えてしまうことである。自分自身の延長のように感じられる「もの」が、空間に氾濫しすぎると、自分濃度があまりに濃くなって、風通しが悪くなる。もしくは自分の核心が散乱してかえって薄まっていく。自分濃度と、自分の核心の確かさは違う。自分濃度には辟易するが、自分の核心は澄んでいる（はず）。本当に伝えたいことを伝えるには、自分濃度を落とさなければならないときもある。

「長く使われるもの」には、「言葉」もある。自分が獲得し、使えるものにしてきた言葉たちもまた、自分らしさがあり、自分濃度を持つ。言葉は、外界に向け、人になにかを伝えようとするとき、また内界へと自分自身の深みに降りていくときのツールとして、なくてはならない道具である。世の中にはいろんな考えのひとがいて、それぞれが自身で蓄えてきたそのひとらしい言葉を使い、発信している。心から共感し、感動することもあれば、え、そう思うんだ、と目を丸くしたり、卒倒しかけたり（比喩である、もちろん）することもある。言葉と言葉の間に、すっきりとした連関がなく、不気味な闇が渦を巻いているように感じられることもある。

今はもう休刊になった新潮社の雑誌『新潮45』の最後の号が、読むに堪えないというので世間から猛烈な批判を浴びた。実際、批判の的になった文章（これが原因で休刊に追い込まれた）は、そもそも思想云々以前、言葉そのものが紊れ、安易に、あまりにも軽く使われているように思われた。このような文章をそのまま世の中に発信したと、バッシングは著者よりもむしろ出版社へ向かい、マスコミのカメラ、記者たちの、新潮社のビルを出入りする社員たちに群がる姿が連日テレビのワイドショー等に映った。

一つの言葉と真摯に向き合う。そうでなければ伝えたいことは何も伝わらない。そういうことを、私は当の新潮社との仕事を通して確信してきた。

彼女たちとともに、「てにをは」一つに頭を悩ませ、一文を仕上げるために数日ともに考え続け、校閲の有能さに脱帽したりもした、あの日々はすべて、「言葉と真摯に向き合う」、そのことのためにあった。作家であろうが、評論家であろうが、政治家であろうが、およそ言葉を使って、人になにかを伝えたい、と思うものは、皆、同じはずだ。今回『新潮45』に掲載された文章の、まずその言葉の稚拙さ、軽々しさに、誰よりも愕然とし、地団駄を踏み、打ちのめされたのもまた、他ならぬ新潮社内部の、多くの編集者たちだったはずだ。

4

長く使われてきた言葉には力がある。よくいわれるのは、その力は言霊（ことだま）という力であって、へたに使うと吉凶いずれにも現実に影響を与えてしまう、だからゆめゆめ迂闊なことを口走るものではない、というようなこと。それが嘘かまことかはわからないが、私自身の実感としても、確かに言葉は力を持つ。だがこれがすべて同等の力かというとそうではない。その力を仮に言霊というとして、言霊の大きい言葉とそうでない言葉がある。力のない言葉だから役に立たないというわけでもなく、文章中の布置によっては、かえってふだん力のない言葉の方が、輝いて見えることがある。大きい力を持つ言葉だと、その効果を狙って安易に濫用されがちになり、そうなると、その言霊力は確実に落ちてしまう。さらに言葉の力にはそれぞれの時代の容量がある。

昔「しなやか」という言葉があちこちで、やたらと使われた時期があった。「しなやかに歌って」という歌が流行った頃である。そもそもひっそりとした言葉だったのに、あっという間に巷(ちまた)の広告やなにかのスローガンにまで目にするようになり、陳腐なフレーズに格下げされてしまった。使えばなにか感性の高そうな、ちょっと気の利いた言い回しとして気軽に扱われた挙句、その時代の容量を使い切ってしまったのであろう（最近ようやく回復してきたように思う。けれどまだ少し恥ずかしくて使えない）。

言葉の力だけを借りて、本当にはないものを、あるように見せかけようとするのが一番よくない。何がよくないといって、使う本人の魂にもよくないし（その人から実在している感じが抜けていくように思われる。これは、存在感が希薄になる、というのともちょっと違う。当人の、本気で生きている実感、のようなもの。本人も不安だろうし、それが第三者に不思議と伝わる）、その言霊の容量をあっという間に減らしてしまう最たる原因になる。政治的な場で、「真摯に向き合って」「誠実に対応して」などと連発されると、いくら「真摯」や「誠実」が、言霊力の大きい言葉だからといって、もう限界なのではないか、とはらはらする。いっている本人が、全身全霊、真実こちらを向いていない。言葉が、拠り所を見失う。軽くリピートされるたび、本来の力が削がれていく。聞く方も消耗していく。

空気に流されず、自分の言葉を見つけていく――一人一人が、適切な場所で、確実な言葉を使うように努めるしか、言葉の力の流失を食い止める術（すべ）はないような気がする。

外国人がおぼつかない日本語でしゃべってくれたとき、多くの日本人は反射的に喜びを感じるだろう。そこにはナショナリズムとは反対の、ボーダーを越えた喜びがあるからだ。日本語には日本らしさそのものが満ちている。私たちが英語の言い回しに英国らしさ、米国らしさを感じるように。大切に、長く使われ、言霊を秘めた日本語の奥にこそ、それを使う私たちすべてに共通の祖国は存在する。そこには国境はない。普遍的な祖国。

5

もう陽はすっかり落ちて、山の景色も見えない。対向車のない上り坂の道を、車のライトを上げながら走り続け、山小屋に着いた。月も星も、厚い雲の上にある夜の、街灯一つない山の中の闇を、何に例えればいいだろう。一メートル先も見えないのだ。敷地内に車を乗り入れる前に、道路脇に駐め、懐中電灯で辺りを照らす。車を入れるはずの場所の先に、黒々とした大きな穴が開いている。すでにこういう状況になっていることは知らされていたので、なんとか明るいうちに到着したかったのだが、いろいろな用事が重なって、結局こういう時間になってしまった。

冬場、この辺りは零下二十度を下回ることもあり、凍結深度が深いため、通常より基礎を掘り下げなければならない。それで、ここまでしっかりと穴が掘られているのだ。車のライトは近場で闇に吸い取られてあまり役に立たない。とりあえず手持ちの懐中電灯だけで、おっかなびっくり、木々の合間、灌木や下草をかき分けながら穴の周囲を大きく迂回して、玄関にたどり着き、家の中から数本の懐中電灯を取り出して、比較的歩きやすいとみたコースに一本一本置いていく。野生のものたちの間を吹き抜けてきた、夜気を帯びた風が、体をぞくぞくさせているのでなければ、これはこれで楽しい作業だ。その灯を頼りに、スーツケースや食料を入れた段ボールを黙々と運ぶ。下ばかり見ているうち、みごとなハナイグチが生えているのを見つけ、頭の半分は大喜び。あとの半分は、やはり夜の山の空気と足元のおぼつかなさに緊張している。

以前に書いた、M教授の家もまた、基礎がしっかりしたものだった。取り潰され、ほとんど更地になってもまだ、コンクリートの基礎が最後まで残っていた。建築家は、長く使われるものとして設計したのだろう。だがそうはならなかったのだ。たとえあの設計が、M教授夫妻のライフスタイルに合いすぎたものでなく、もっと一般的なものだったにしても、この日本社会の経済のリズムに乗れば、取り壊されるしかなかっただろう。日本古来の、木と紙でできた家ならば、自然災害に遭ってもすぐまた建て直せるような仕組みになっていただろう。けれど、もう、時代は変化してしまった。新しい「考えの仕組み」が必要だ。

生活の道具でも、言葉でも、そして住まいでも、長く使われるものには、愛情を注ぐための目に見えない受け皿が備わっているように思う。使い手は、日々の生活のなかでその受け皿を見つけ、またつくり出してもいく。

毎日佐久からこの山まで通って丁寧に仕事をしてくれていた大工さんたちの手で、

穴にはやがてコンクリートが流し込まれ、台風の前にはブルーシートで養生もされ、それも取られ、コンクリートの基礎の全部が見えた。周囲の、匂い立つような赤茶けた土や木々の根っこのなかで、不思議にそのコンクリートは違和感なく、威嚇的でもなく、調和がとれて見えた。私は初めて、コンクリートがうつくしいと思ったのだった。

第二章　巡りゆくいのち

深まっていくもの

1

秋が深くなっていく。

空が高くなり、そこに刷毛(はけ)で掃いたような雲がかかるようになる。風に、秋の冷たい一筋が加わる。カラマツは日に日に黄葉し、サラサドウダンの紅葉が始まり、木の幹に絡んだツタウルシは赤く燃えるようだし、野菊を丈高くしたようなシオンの群落は、自分たちの高さに戸惑っているように風になびいている。斜面を埋めたクマザサだけはまだ青々としているが、真昼の高い日差しを反射した部分は、風が吹くとほとんど銀色の波のようだ。日が傾くにつれて、風の冷たさが厳しくなり、薄紫の、リンドウの花が閉じていく。転がったミズナラの実が、山道に長い影を落としている。

いよいよストーブの本格的な出番だ。

数十年この方、自己流で薪を焚いてきたが、うまくいくときもあれば、いかないときもあった。うまくいかなかった経験のワーストワンは、二十数年前のこと、何日も続く霧の日で、朝から外に出かけ、暗くなってから山小屋に帰り、湿った空気のなか、うまくいかない気がしつつも焚き付けたとき。スウェーデン製の大型のストーブであった。すぐに食事の準備にもかかりたかったので、適当に火を着け、ぶすぶすいっていたけれど、なんとか自力で活路を見出してほしいと硝子扉を閉め、台所へ去った。そのうち嫌な予感がして、居間に戻ってあっと驚いた。ストーブの下部から黒い煙が這うようにしてこちらに迫ってくるではないか。不完全燃焼を起こして、体に非常に悪いガスが発生しているのだ。大慌てで家中の窓を開け、どす黒い煙が渦を巻いているようなストーブの扉を開けた。少しでも酸素を供給してあげたかったからである。この途端に凄まじい量のガスがこちらに向かってきたので、慌ててまた扉を閉めた。この一瞬で、また炎が復活する、ことを祈ったが、ものごとはそうそううまくは運ばないもので、炉内は相変わらずだ。途方にくれるが、とりあえず、この状況をなんとかしなければならない。少し扉を開け、煙が出てくるたびぎょっとしてすぐに閉め、を数回繰り返すうちに、なんとか煙は収まった。しばらく家中にタールの匂いがした。よく気分を悪くしなかったものだと思う。

さすがにそれからはもっと慎重になったけれど、火と私との関係は、いつもその場その場の「出たとこ勝負」で、なだめすかすようにやっと着いてもらう、そういうものだったし、それはそれで、火を育てる、というプロセスに、紆余曲折しながらも、深まっていく関係性を感じていた。誰よりも上手いなどという自信は毛頭なかったが、他にどんな方法がある?と開き直る部分もあった。「それが違うんですよ、びっくりするくらい簡単に着くんです」。今年の秋になって、管理事務所のMさんが、なにか見透かしたように楽しげにいった。「今度、専門家にデモンストレーションしてもらうので、ぜひ来てみてください」

どうせ着火剤を使うのだろう、それなら私だって持っていないわけではない、と思いつつ、当日いわれた場所に向かった。

2

晴天だ。カラマツの枝の間を清々しい風が吹き抜ける、小さな広場にテントが張ってあって、その前で、薪割りや薪の作り方についてのレクチャーが行われている。講師は軽井沢の薪ストーブ専門店からいらしたTさんだ。実はチェーンソーを買って薪作りをしようとも考えていたので、興味津々で拝聴する。

材にする木は十一月には伐採を済ませ、一月までに薪用に切って、三ヶ月ほど雨ざらしの後、乾燥に入る。本格的に薪割り、さらに乾燥……。聞き違いやメモの取り間違いがあるかもしれないが、できれば二年は乾燥させたい、ということをいわれたと思う。つまり、外に転がっている、雨上がりの湿った枯れ枝などを不用意に燃やすなんて言語道断、ということは、よくわかった。ストーブで焚くなら、長くもつのはクヌギやナラなどの広葉樹。燃やすと八百度ほどになる。針葉樹は千五百度ほど。高温になりすぎてストーブには適さないといわれていたが、よく乾いたものなら、広葉樹のものと混ぜて調節しながら、補助的に使うことができる。ふむふむ、とメモを取りつつ、薪割りのデモンストレーションに感じ入る。面白いように薪が割れる。必ず薪割り台の奥の方に薪を置き、スクワットをするように足を開き、薪割り台を叩くイメージで、斧を振り下ろす。Tさんの教え方は論理的で、わかりやすいし、どんな初歩的な質問をしても誠実に含蓄のある答えが返ってくる。

彼は○○アックスという外国製の斧を使っていらしたが、斧なら、うちの山小屋にも前の家主のKさんが残しておいてくれたものがあるはず。たまたま遊びに来てくれていて、そのときもいっしょだった画家の小沢さん（果敢に薪割りにも挑戦していた）が、持って行ってみましょうよ、と勧めるので、どんなものかなあ、と思いつつ取りに行き、Tさんに見てもらった。ああ、これは典型的な日本の斧です。柄が長いでしょう、小柄な日本人が振り下ろしたとき、大きな力が発揮できるようにするためです。そしてほら、刃のこちら側には三本の線が、反対側には四本の線が。そんなことには全然気づいていなかったので、驚く。これは、山仕事をする人たちの伝統で、神事的な意味があり、また、三本の線と四本の線で、身を避（よ）く、という語呂合わせにもなっている……。「えーっ」と、小沢さんと二人、目を丸くして見合わせる。Kさんは気づいておられただろうか。

考えてみれば、斧などというものは、ちょっとしたことで大怪我を負いかねない、実に危ない道具だ。鉄が日本に入ってきてから、その利便性と威力におののきつつ、なんとか魔を封じて、これを使いこなしたい、という切実な願いが、このささやかな呪（まじな）いに込められているのだろう。

その日の午後、ある人から紹介されて訪れた岩魚（いわな）釣りとキノコ採り名人の家にあった斧にも、乾いた泥をこするときちんとこの三本と四本の線が出てきた。そういえば、昔の絵本の斧の絵にもあったような気がすると思い出した。

3

翌日は、いよいよ火の熾し方について教えていただく。

炉内に焚き付けの細い木切れが井桁に組まれていく。火を熾すとき、木切れを井桁に組むということは昔からよくいわれることで、私も知らないではない。ただ、なぜそう組むかということは、誰からも明確に知らされないできた。私は勝手に、木と木を密着させすぎず、空気をよく通らせるため、つまり火の回りを早くするためだと思っていた。だから、別にきっちり井桁にこだわらなくても、間を空けてセッティングすれば十分だと考えていた。九州の山小屋の頃は、焚き付けには杉の葉や、新聞紙や段ボールの切れ端、等々に火を着け、その上に置いた細い枝に引火させ、さらに細い薪に……という順番。着火剤を使うのは、なにか違う、と思っていたのだ。だが一度使ってみると、その便利さはやはり魅力だ。それからは着火剤の上に木の梢の落ちたもの（辺りに山ほどある）を置き、さらに木切れに……と展開するようになっていた。

Tさんも、着火剤を使うことは使うのだが、それを一番下に置き、その周りを囲むようにして焚き付けを井桁に組んでいく。結構しっかり、高く組んでいく。そして着火剤に火を着けると、火柱は、井桁の煙突効果のために、高く上がる。このとき、硝子戸をロックせずに、あるかないかの細い隙間を残して閉め、十分ほど待つ。上昇気流を発生させることが目的なのだ。それで炉内の空気が高温になりまた乾燥もして、火が燃えやすくなるのだろう。その後、細い薪を数本、できるだけ中心部との接点を小さくしながら立てかける……と続いていくのだが、やはり目からウロコだったのが、井桁にすることによって生まれる煙突効果！　その効果で目にも鮮やかに、迷いのない上昇気流が生まれるのがわかった。キャンプファイアで組む井桁も、そのためのものだったのだ。なぜ今まで気づかなかったのだろう。火は、暖かい空気の移動を生み、流れを作り出すものだったのだ。

そうやって着いた火は、熾として散らしていって炉内に温度の偏りが出ないように、全体の温度を高めていく。焚き始めてから約一時間が経った頃には、炉床にまんべんなく熾火を敷いていくことができる。この状態で薪を投入すれば、すぐに燃え出す。火は、理想的な燃え方をすればほとんど灰は出ないこと、やがて茶色い灰が（シリカ同士がくっつき）、板状に固まる、とのことに、そういうものは、私のストーブでは見たことがないなあ、と憧れる。

何にせよ、今までその日のストーブの機嫌次第だった不安定な火の熾し方が、Tさんのやり方なら、ほぼ間違いなく上手くつくはずだった。
火のことについては、原始の時代から、これを制圧し、コントロールしたいという願望がＤＮＡに刻まれているのか、有無をいわさず人を夢中にさせるなにかがある。制圧ではなく対話しながら、コントロールではなく育てていくように、またひしひしと温もりを受け取りながら、火と付き合っていきたい。ハウツーはそのためにあるのだから。

4

私自身にたいして経験があるわけではないが、薪ストーブだけではなく、アウトドアにおける火の熾し方についても百家争鳴だ。それぞれの流儀に接するたび、火に関わることがどこか本能的で非常にデリケートな分野であることを納得させられてきた。グループで野外にいて、誰かが火を熾し始めたら、とりあえずそっとしておこう、と皆暗黙のうちに彼もしくは彼女を遠巻きに見つめ、なんとなく任された体裁の本人は、やがて完全に「火と自分だけしかいない世界」に入っていく。風も湿度も、いつだって同じ条件ではない、いわば真剣勝負。傍からは、ピリピリとどこか緊張して見え、本人の背中は、この火の今、この瞬間の状態については（この火が）生まれたときから乳母日傘で育ててきた自分だけにしかわからない、決して脇から余計なことをしてくれるな、というオーラを発している、周囲は、おお、やってるやってる、とちらちら見ながらそれぞれの作業に向かう、そういうものなのである。そして火が安定して燃え始めると、今までの育ての苦労も報われ、なんとうつくしい、とうっとり酩酊状態。まわりも（各自そういう経験があり）それがわかっているから、しばらく満足感に浸らせてやろうと思う、しかしそういう機微のわからない人間が、そんなときに傍から、あ、よく燃えているじゃない、などと軽口を叩きながら、火にちょっかいを出そうものなら――そしてそれによってあっという間に火がバランスを崩しでもしたら――その火守り人の内心の怒りたるや、考えただけで恐ろしい……そういうものなのである。

Tさんも、昔はきっと、そんな焚き火小僧たちの一人だったのではないかしら、そのなかでは傑出した一人で、ついに科学的にも物理的にも肉体的にも、この道を極めてしまったのではないかしら……そんなことを想像した。

さて、キノコ採り名人もまた、なにかを極めた風情の持ち主だった。小沢さんにも付き合ってもらって、透き通った流れを渡り、笹漕ぎをし、ある川の源流近くまで案内していただいた。清澄な秋の空気のなか、オノエヤナギの木々の上にはヌメリスギタケモドキが大豊作だった。名人は、この立派なキノコに、なぜモドキの名が付いているのか、と不満を口にされた。いわれてみれば、ヌメリスギタケというキノコのことはほとんど知られていないような気がする。ないのかもしれない。本物がないとして、なのに「モドキ」だけが存在するというのは不思議だ。*今回、大量のヌメリスギタケモドキを塩水につけ、下茹でし、様々な料理に使った。ヌメリスギタケモドキには、美味しいのにどこか陰のようなものがつきまとっているような気がするのは、やはり「モドキ」の響きのせいなのかもしれない。私は昔から、ヌメリスギタケモドキと大きな声で発音するのが（たいてい、野外で見つけて叫ぶ）大好きだったのだけれど、その響きにある、ちゃんと向き合ってもらっていない寂しみも込みで、贔屓していたのだったか。

＊その後、本当にヌメリスギタケというキノコが存在することを知った。キノコの世界の奥深さに感じ入る。

更新される庭

1

今年立冬（二〇一八年十一月七日）の日に、新宿中央公園でセミが鳴いた。

その話を、日本に長く住み、この地を愛している英国人の友人にすると、まるでどこかで痛ましい大惨事が起きたと聞いたような、衝撃と傷つきの表情をした。この話題をここまで重く受け止めた日本人は、私の周りにはいなかった（憂い顔は、もちろんあったが）ので、私も一瞬にして、実は自分もひどく「傷ついて」いたことを悟った。

鳴いていたのはミンミンゼミだった。だが今年、十月に入ってから、私も東京の住宅地でツクツクホウシが鳴くのを聞いていたのだった。耳を疑い、愕然とした。

季節の順番というものは、決して崩れないものだと思っていた。

英国の春なら、まずスノードロップが頭をもたげ、次に野山ではサンザシの白やハリエニシダの鮮やかで濃い黄色が目立ち始め、村や町ならラッパ水仙のゴージャスな黄色、それからブルーベルの青紫がしんとした林床を埋め尽くし、少し北のほうなら、入れ替わるようにワイルドガーリックの白が林縁を縁取り、その後は愉快なフォックスグローブたちが道端で大騒ぎ……その頃はもう日差しも高く、初夏になっている。この順番は、決して崩れない。

日本の私の庭には、正月が終わった頃、近隣の梅に先駆けて、濃い紅――舞妓さんが小指で紅を取ったような――の蕾をつける小さな紅梅がある。私の近在梅マップでは、花の咲く順番がしっかり決まっている。この一番手の梅と、最後までぐずぐずしている梅は毎年決まっていた。金木犀（きんもくせい）などクローンの植物は、近辺で一斉に咲き出すけれど、そうでないものには同じ種でもやはり環境条件により、個体差があって、順番があるのだ。

八ケ岳の植物の開花もやはり、順番があった。だがすでに今年のスズランは遅かった。いつか、四季の区別も定かでなくなり、順番というものなども無くなって、短い春に一斉に開花、ということになるのだろうか。

思えばこの「順番」の揺らがなさを、古来人間のメンタリティーは――詩歌などに表れるように――どれほど愛し、安定材料としてきたことか。

いつまでも同じ風景というものはあり得ない。しかしそれはもっと長いスパンで行われるはずの更新であった。現に数十年ほど前、八ケ岳ではあれほど群れ咲いていたマツムシソウも、群落を見ることは難しくなった。こういうことが各地で起こっている。北海道のある土地で、去年まで群落をつくっていたオオバナノエンレイソウを、今年は一輪も見なかった。自然が加速度をつけて変化している。させられている。

考えてみればそういう地球的状況のときに、私はたまたま、今回の八ケ岳の山小屋の周囲を、「自然の庭」にしようと思っているのだった。もちろんいわゆる作庭ではあり得ない。だいたい、そういう体力もない。

「風景」も「庭」も、存在するためには人間の視線が必要だ。つまりそれは、見る人間がいなければ存在しない概念なのだ。けれど、逆にいえば、その視線さえ獲得すれば、山は庭になる。

2

まったくの自然のなかに入っていくとき、なにかしらの悪意のようなものを感じるのは、私だけではない。まるで幼児が無条件に慈母の腕に抱かれるように、自然のなかにさえいれば健やかさが育まれるなどということは決してない。自然は人間にいつもやさしく友好的だと思わないほうが賢明である（反対に人間が自然にしてきたことは、どんなに謝罪しても取り返しがつかないことばかりだ）。自然はただ、人間に無関心なのだ。山で遭難して命を落とす人びとは後を絶たない。圧倒的な無関心は、むしろ憎悪よりも無慈悲だ。

山の「庭」は、そんな自然と個人がどう相対するかという課題を、否が応でも考えないといけない場所だ、と、私のなかの「庭いじり屋」は力む。個人が庭に望むものと、庭が要求してくるもの（があると想像することが、「山の庭」創造の第一歩）のバランスを考える。

例えば奥のほうは一面クマザサが生い茂っている。このクマザサは数十年前にはなかったものだ。刈り取ったら、たぶん日の目を見ずにいる多くの高山植物たちが芽を出してくれるだろう。草刈機を使わなければ無理だということは、一目瞭然。根こそぎにしないと、すぐにはびこる。定住しているのだったら、草を食べてくれる動物を飼うのも手だろうけれど、それはできない。根こそぎ、とか、草刈機で一網打尽、とかいう考えに、「庭いじり屋」は違和感を持っている。非力な「庭いじり屋」の葛藤のなかで、妥協による新しい考えや、新しい言葉が生まれてくる（それが今回の作庭の主な部分だと、本人は思っている）。草刈機は購入せねば。だが使うにしても、使いこなせるわけがない。なら「頑張って刈り取ったんだけれども、いまひとつ、力及ばず、やっぱりクマザサが出てくるなあ……情けないなあ」というところを目当てにやってみようと思う。この面積と自分の体力を考えれば、それが妥当な手段だと思われる。ただ、山の庭である限り、「徹底的」はやるまい、と思う。だがそうすればすぐにクマザサは勢いを盛り返すだろう。そのときは、また立ち向かうしかあるまい、と、「庭いじり屋」はいさましく思う。ただ、「徹底的」はやめよう、と気弱に付け足す。

　人間にもいろんな考えや欲望を抱いている者がいるように、植物も獰猛かつ旺盛なエネルギーでテリトリーを拡大しようとするものもあれば、その一方で、楚々として辺境に追いやられ、絶滅寸前のものもいる。彼ら（植物）は、多様性なんてことは微塵も考えていない。多様性を考えるのは、植物でなく人間だ。（多くの）植物は、できることなら自分と自分の子孫で地を埋め尽くしたいと望んでいるだろう。

　山の庭に必要なものは、調和（ハーモニー）、だと、今のところ、この「庭いじり屋」は考えている。すでに庭で見つけた、幾つかの瀕死の高山植物が、なんとかこのまま存えていける環境にし、旺盛なものにはその勢いをなだめてもらおう、それが当面の目標だ。

3

幼い頃――もう五十年近く前だが――セイタカアワダチソウといえば、憎々しいものの代名詞のように思っていた。喘息持ちだったし（花粉がアレルゲンになりやすいと思われていた）、日本の野原や空き地がどんどんこの草に席巻されていっている頃で、一度それと覚えれば、あ、あそこにもここにも、と次から次に目についたものだ。秋になれば、古典の世界でだけはよく聞くオミナエシの黄色よりも、このセイタカアワダチソウの黄色い群落を目にするほうが、圧倒的に多かったのだ。昔からの秋の七草は、ある種の「教養」として頭のなかに入っているけれども、この人生で見てきた現実的な秋の七草には、やはりセイタカアワダチソウを入れなければならないだろう。好き嫌いを超えて、それは認めざるを得ない。高い秋の空を背景に、セイタカアワダチソウの黄色が揺れている風景は、一時期日本の秋の訪れを意味していた、といい切れる。

いつの頃からか、そのセイタカアワダチソウに、かつての獰猛さが見られなくなった。そもそも、彼らに占拠された空き地、というものを見なくなった。たまに郊外の資材置き場の片隅に、それらしきものが数株、生えていることがあるが、それとても単独で群れをなして、というのではなく、ボロギクやススキなどと共生して、同じように寂しげな雰囲気を醸している。以前の傲慢で憎たらしい風情が消えてしまった。彼らがやってくる以前から日本にいた草ぐさ（在来種だけではなく既に日本に馴染んだ外来種の先輩たちも）も、私たちの知らない間に、彼らと伍していけるだけのなにかを身につけたのだろう。実は水面下で熾烈な争いを繰り広げているのかもしれないが、傍目には、時間をかけ、共生の道を探ってきたようにも見える。水田の草、オモダカは、農薬により絶滅寸前だったが、耐性をつけ、DNAを変化させ、より強靱になった（その結果、農家は困っているが）。早春、近所に毎年出てくる草が、ホトケノザのようでそうでなし、ヒメオドリコソウのようで、そうでもなし、困っていたら、モミジバヒメオドリコソウという、ごく最近入ってきた外来種だとわかった。ヒメオドリコソウももともと、明治中期に入ってきた外来種だが、今ではすっかり定着した。オドリコソウという大昔から文献にも現れる由緒正しい野草の名前を借りているところも幸いしたのだろう。このモミジバ――のほうの素性がわかっていくのはまだまだこれからだ。

人間世界の物流がグローバルになれば、当然植物にも新天地進出の機会が広がるわけだ。植物には、機会さえあればより遠くへ種を飛ばしたいという基本的欲求があり、それは彼らの罪ではない。在来種には脅威だろうが、これがこの時代の自然なのである。かくなるうえは、在来種に彼らと付き合いながらの生存の術（すべ）を獲得してもらうしかない。

それには時間が必要だ。セイタカアワダチソウに関しては、一世紀近くの攻防が必要だったのだろう。

4

ドイツの聖ヒルデガルト修道院の中庭に、ヨウシュヤマゴボウが植えられているのを見たときは驚いた。ヨウシュヤマゴボウは日本の園芸家にとっては宿敵のようなものので（ブドウのような房状の実をつけるので、ご存知の方も多いと思う。この実は食べられないが、子どもがよく色水を作って遊ぶ）、日本ではしぶとい雑草扱いだが、確かに、緑色の大きな葉と、存在感のある姿形、それに鮮やかな赤紫色の茎や実が印象的で、配置の仕様によってはとても個性的な庭の風景をつくるだろう。

個性的で存在感のある草といえば、タケニグサだってそうである。日本では荒れ地の植物の筆頭株であるタケニグサは、やはり外国の庭園で、野趣のある風景の中にあしらわれているのを写真で見たことがある。

セイタカアワダチソウも、いつか日本の庭園を飾る花となるだろうか。セイタカアワダチソウが日本に入ってきておよそ一世紀、その間、私たちも彼らのいる風景に馴染み、彼らのほうも——出る杭は叩かれたりして——「日本らしさ」を身につけたが、やってきた（来日した？）当初は、日本の野の植物、特にススキなどにとっては脅威以外の何物でもなかっただろう。

侵略する、されるという行為は、するほうにとっては「新天地への旅立ち」「フロンティア・スピリットを持って」などという表現で、容易に別の次元へすり替わる。

数百年前のネイティブ・アメリカンにとって、ヨーロッパからメイフラワー号等で押し寄せた「外来種の脅威」は、どれほどのものだったか想像すらできない（トランプ米大統領の移民への、子どもじみてヒステリックな振る舞いなどを見れば、自分たちはいつでも侵略「するほう」だということを、信じて疑わないのだろうなあ、「されるほう」になることには我慢ならないのだろうなあ、と今更のように呆れる）。致し方のない移動もあるのだ。温暖化や砂漠化が進み、これ以上ここにいては、生きていけない植物や動物は、当然棲みよい土地を探すだろう。

先にそこに入ってきたほうに権利があるとしても、ヒメオドリコソウ（明治中期入国）は、モミジバヒメオドリコソウ（平成入国）に喧嘩を売っただろうか。そうしていないところを見ると、少なからず知性があったのだろう。本家（？）のオドリコソウは何もいわず、ますます上品に個体数を激減させていっているだけである。オドリコソウが生息できる環境を保つことに努めるほか、人間にできることは何もない。持ち帰って安全なうちの庭で、などというのは、「うちの庭」が自生地と同じ標高で、同じ環境条件でない限り、減少化が加速するだけだ。

一つの種が絶滅しかかっているという事実には、とてつもなく複雑な要因が絡んでおり、簡単に解決できるものではない（近辺に人家が増え、土質に窒素分が増えてきた、大気中の排ガス濃度が高くなってきた、温暖化が進み、気候が合わなくなってきた、沢沿いだけにしか生息できなかったのに、その沢が消えた、等々）。けれどそのなかの一つでも国ぐるみで本気で取り組めば、当の絶滅危惧種だけでなく、人間も含め、生き物全般だいぶ生きやすくなるのは、必定。

5

昨年、キャスリン・O・ガルブレイス作の、『わたしたちのたねまき』（拙訳）という絵本が出版された。「わたしたち」、というのは、雨や風や太陽の光、鳥や獣たちや人間、そして川、である。雨が種を流し、大風が種を高く撒き散らし、太陽の光が莢を勢い良く弾けさせ、鳥が実を啄み、飛んで行った先で糞をし、人間は服や靴の裏に種をくっつけ、川に落ちた種は下流へと、それぞれ、「たねまき」をする。この「地球という大きな庭」で、みなが協力して植物の生命を繋いでいる、そういうことが描かれている。

地球を大きな「庭」、と呼ぶだけで、じっくり味わって見る視点が生まれる。じっくり味わえば、慈しむ気持ちも生まれてくる。

英国の園芸家、ベス・チャトーの有名なグラベル・ガーデンは、文字どおり砂利の庭で、乾燥に強い植物が植えられ、これからますます水不足になっていくであろう地球環境を見据え、一切水撒きをしない、実験的な「園芸」が試みられている。彼女には乾燥に強い植物を育てなければという使命感もあった。あるとき根くらべのように日照りの日々が続き、瀕死の植物を思い、ベスの心は千々に乱れる。すんでのところで水を撒きそうになるが、助手の一言――なんのために今まで続けてきたんですか、という――で思い留まる。その後、雨が降る。彼女には彼女の、強い哲学があり、それは東洋的なものに似て、けれどその「強さ」が、やはり西洋的だなあと思う。

この秋、北海道紋別近郊へ、高橋武市さんの「陽殖園」を見学に出かけた。開拓一家の長男として生まれた武市さんは、たった一人で、六十年をかけ、山を庭にした。ほとんどツルハシとスコップだけで道を作り、丘を作りして植物を植えてきた。「道ができると、見える景色が違ってくる」。ランドスケープを、文字どおり手作りしてきたのだ。無農薬で化学肥料も一切やらない。あるとき一輪車を手に入れ、こんな便利なものが、と驚嘆したという。スコップだけで土を移動させていたことを思えば、それはそうだろう。頑固なようでいて、どこか肩の力が抜けている武市さんは、今年七十七歳だ。

私は、彼らほど徹底した哲学を持ったものではないけれど、まず、もちろん水は撒かない（撒けない）。そしてすでに腐葉土はたっぷりあるはずなので、肥料もやらない（必要がない）。

ひたすら山そのものなのだが、「庭」と思うことで、踏みしめる一歩一歩が違う。

人間の関与は最小限に抑えて（クマザサは、ちょっと）、更新され続ける地球という庭の一部になればいいなと思うようになってきた。

シカが歩いて作ったのだろう、細い獣道がランダムに走っている。そこへ、カラマツの小さな松かさが、小枝ごと、落ちてくる。地上に届く、音が響く。

冬ごもりの気持ち

1

晩秋と初冬の間でたゆとうような一日の、夕暮れどき、ようやく八ケ岳の家の前に着いたものの、強風が荒れ狂い、一歩車を出れば髪は山姥（やまんば）状態、足元は攫（さら）われそうになって、這々（ほうほう）の体で屋内に入った。

静かだ。思わず安堵のため息をついたが、寒い。じっとしていると寒さが氷の粒子になって、セーターの編み目から侵入してくるようだった。

薪ストーブの扉を開け、火を熾す準備をする。ストーブのそばに置いてあった火熾し用の焚き木を組んで、火を着け、それから炉の端に、少し湿った細めの薪（外に落ちていた枝）を、しばらく火のそばで乾かすため、数本差し入れた。小さな炎がメラメラと立ち上がった、そのとき、まるで火花のように赤いものが、炉のなかから飛び出してきて、ぎょっとした。あっけにとられて「火花」の行方を見れば、それは激しく羽ばたいているアカタテハ（蝶）の雌であった。点滅する赤。羽を閉じてじっとしていれば、後翅裏はほとんど薪の木肌と変わらない。越冬をしようとして、薪のなかに潜んでいたのだろう。けれどいつ？　最後にこの薪を室内に入れたのはいつであったか。とにかく、薪と一緒に入ってきた（それとも、別々に入ってきた？）アカタテハは、冬眠状態だったのに、突然の高温に慌てて飛び出したのだ、寝ぼけ眼で。よほど熱かったのか、わけがわからない、という風に、しばらく室内を飛び回り、やがて吹き抜けの天井に、逆さに止まって動かなくなった。それで私も、その同じ部屋で食事の準備をし、バッハのゴルトベルク変奏曲のCDをかけ、食事をし、荒れ狂う外の風の音を聞きながら、アカタテハの止まっている場所のすぐそばから下がっている灯の下で、仕事をした。薪の爆ぜる音がするたび、天井を見やったが、彼女は動かなかった。そのままそこで越冬すればいい、と思った。越冬の静かな仲間が増えるのは、好ましいことのように思えた。

翌朝、外を見れば風はもうそれほどでもなく、青空が冴え渡っていた。南に向かって大きく硝子戸が入っている室内は、ストーブを焚かずとも、陽の光だけで暖かかった。

すると昨夜のアカタテハが、硝子戸に向かって懸命に羽ばたき始めた。明らかに外に出たがっていた。硝子戸を通る日差しのおかげで室内は春の陽気だが、一歩外へ出れば身を切るような寒さの世界なのだ。しかし、アカタテハにはそのことがわからない。ひとりでやっていけると思っている。外へ出た瞬間に、越冬の場所を、風をさえぎり、鳥の視線も避けられるような越冬の場所を、すぐさま探さないといけない、そのことがわかっていないとしても、けれどその道を開いてやることが、たぶん、正しいことなのだろう。それで、窓を開けた。彼女はすぐさま出て行った。飛びながら、ぎょっとしているように見えた。林のなかに入って行こうとせず、中空をしばらくさまよっていた。こんなはずじゃなかった、これからどうしようか、と考えあぐねているようでもあった。だが、引き返すという選択肢はないようだった。やがて視界から消えていった。

2

冬場の八ケ岳おろしが凄まじいということは、ある仕事で韮崎（にらさき）へ取材に通っていたとき、経験していた。八ケ岳から甲府盆地まではやや距離があるというのに、あの突風具合ときたら。漫然とただ吹いている、というのではなく、ときには家屋の屋根を剝いだり、ブロックまでもピンポイントで吹き飛ばしたりする。まともに歩くこともできなくなるくらいだ。それが八ケ岳の中腹ではどのくらいの威力を持つものか。

小屋を入手するとき、うっかりそのことを勘定に入れなかった。けれど甲府盆地に吹く八ケ岳おろしは、幾つかの方向から吹き寄せる風の複合体であるから強烈なのであって、八ケ岳の懐に入ってしまえばかえってそれほどではないのではないか、とも、入手して後、風の心配が頭をかすめるたび、そう自分にいいきかせては深く考えないようにした。

しかしそれはそう甘いものではなかった。窓から外を見れば、ダケカンバの樹皮が、ビューと真横に、一直線に飛んでいく。ある朝など、起きたら一晩中吹き荒れた風で、庭の若いウラジロモミが、根っこごと横倒しになっていた（正確には、近隣の若くて細いカラマツにもたれかかって非常な迷惑をかけていた）。いよいよ本格的な冬が来たのだ。北海道並みの備えをしなければならないのだろうか。

版画家の手島圭三郎氏は北海道にお住まいだ。創作者としての姿勢にいつも敬意を払わないではいられない、大先輩の一人である。彼が以前、どこかのインタビューに応えて、冬の仕事の喜びについて語っておられた。

取材など、冬になったら行けない外仕事は秋までに済ませ、雪が深くなると一歩も外へ出ず家のなかで仕事をする、それが冬の喜びであり、冬だからこその精神的な集中力が出せる日々でもあるという。これは、現代の北海道人には薄れてしまった「冬ごもりの準備の気持ち」が、氏の年代（八十代）の人びとにはまだ残っているからではないかと。

冬ごもりの準備の気持ち。

つぶやいただけで、南国育ちの私でさえ、遠い記憶のなかにある、繊細で大切ななにかが顕ち現れてきそうだ。冬場は食糧事情が悪くなる。これは動物全般、毎年乗り越えなければならない危機である。冬中寝てエネルギーの消耗を抑える動物、冬に備えて食糧を備蓄する動物、備蓄しなくても、できるだけ脂肪を溜め込み、また体毛や羽毛の仕組みを冬バージョンにして、体温を逃がさないようにする……ｅｔｃ。

私の子どもの頃でも、田舎に行けば秋は干し柿や干し大根などの保存食品がなにかしら準備されていた。母はストーブでよく豆を炊いていた。もっと北のほうでは野沢菜などの漬物を仕込む家庭も、荒巻鮭を注文する家庭もあるだろう。そして雪囲いや、薪の用意……。

そういうことが必要でない社会とは、何と便利で、けれど味気ないのだろう。今はたいてい、エアコン一つで冬は越せる、けれども。

日照不足になる冬には鬱になるという人が多いけれど、冬ごもりの準備の気持ちには、生きる意欲が自然、湧き立つような工夫が、織り込まれていたのではないか。

3

東北民話風の小説を読んでいて、「徒然ね」という言葉に出会い、それが寂しい、という意味だと知り、とても驚いた。驚きの理由の一つは、南九州でもそれはまったく同じ意味で使われていたからである。

日本の「端っこ」に、古い言葉が残っているというのはよく聞くが、こういう鮮やかに感情的な（？）言葉が、互いにほとんど交渉のなかっただろう地域で、しかもそれぞれ違った道筋の進化もせずに、同じような使われ方をし続け、残っていた……。

驚きの理由の二つ目は、「とぜん」の漢字に「徒然」が使われていたことだ。つれづれ、という言葉は、「手持ち無沙汰、退屈」というような意味だとずっと思っていた。明らかに私の勉強不足で、改めて古語辞典を引けば、確かに「寂しい」という文字も出てくる。背景には「寂しさ」があると思えば、「つれづれなるまゝに」で始まる「徒然草」の文章が、「怪しうこそ物狂ほしけれ」で終わることとは、まったく違った切実な色合いを帯びてくる。

最近また流行っているクイーンの「ボヘミアン・ラプソディ」のなかにある、I'm just a poor boyという歌詞の解釈をめぐって話している人びとが、盛んに「貧しい少年」と繰り返しているのをラジオで耳にした。poorというのは、経済的に貧しいという意味の他に、かわいそうな、悲惨な、などという意味がある。英国で、ドラマを見ながら、すっかり女主人公に同情した老婦人が、Oh, poor girl!と連呼していたり、私自身、一日遠出して、大変な目に遭ったことを報告しているとき、やはりpoor girlと気の毒がられたりした。poorの背景には、そういう意味合いもある。richが、ある種の豊かさを指す言葉で、単に金持ちだけを指すのではないように。

そのようにして、「徒然」を解釈するべきではなかったのか、と省みたのだった。「とぜん」の、「と」という言葉には、（以前地名に関する本を書いたときに調べたのだが）風景が突然開けて遠くまで見渡せる、そういう場所に立った、という感慨が込められている。そう思えば、広々としたところにたった一人で立ち尽くすような、心もとない、何をしていいかわからない不安な気持ちだと想像がつく。

その東北民話風小説では、父一人少年一人の家族で、吹雪の日に父親が出て行く、そのときの気持ちを、「徒然ね」と、少年が訴えたのだった（「徒然ね」の「ね」は、九州でも東北でも「ない」という意味だが、この場合は否定ではなく、形容詞を作る接尾語で「徒然」を強調していると思われる）。周囲を雪に覆われ、たった一人でいる気持ち。しかしこの少年のように、生死を分かつような不安というのでなければ、例えばフィンランドの作家、トーベ・ヤンソンのように、大喜びでそれ（雪ごもり）を受け入れるだろう人びとも、また多くいる。

孤独であることは、一人を満たし、豊かでもあること。そしてその豊かさは、寂しさに裏打ちされていなければ。それでこその豊穣、冬ごもりの醍醐味。

4

前回、「徒然」（寂しい、という意味）が、南九州と東北の一部で残っているという話をしたけれど（柳田國男も「徒然ね」が離れた地域で同じように使われていることに着目していたらしい）、さて、調べてみると、南九州よりももっと北、福岡近くになると、「徒然なか」という言葉が、同じ意味で使われているようだった。南九州というよりは、中央に近い熊本市に就職している友人に尋ねると、すぐに職場の十四人に聞いてみてくれて、そのうち六人が、祖父母、両親、自分のいずれかが、その言葉を使っているとのこと。ただし、「徒然ね」の他に、「徒然にゃー」「徒然なか」と三種類もあったらしい。なかでも二十代の男性が自分でも使うというので、どういう風に使うの？と聞くと、「家族がみんな出かけてしまって、家のなかに一人になったとき、寂しくて、徒然にゃー、と自分でいう」と答えられたらしい。ほのぼのとして、思わず噴き出してしまった。鹿児島では「徒然ね」である。きっと、熊本は、南の「徒然ね」から、北の「徒然なか」への遷移地帯なのではないだろうか。それで、「徒然ね」「徒然にゃー」「徒然なか」の三種類が入り混じって使われた（「徒然にゃー」は、明らかに両者の間に位置する形と思われる）。それにしても、十四人中六人しか使っておらず、しかも鹿児島出身の三十代と思われる方は、使ったことも聞いたこともない、といわれたとのことだから、もはや「徒然ね」は、風前の灯火。家で一人になって、「徒然にゃー」と呟くという二十代の男の子は、貴重な存在である。

昨年私がお世話になった秋田県の角館でも調べてくださった方があって、職場の十二人中、「徒然ね」を知っている人は十一人、そのうち自分でも使う人は九人（「徒然ね」は、「とじぇねー」「とぜねー」などと発音されるとのこと）。飲み会などに気の合う友人が欠席したとき、「〇〇来ねのが、徒然ねな」と使ったり、離れて住む孫や友人が遊びに来てくれて、彼らが帰るとき「徒然ねーな」と呟いたり、愛する家族やペットを亡くした人に、「徒然ねーべな」と気遣ったり。南九州よりももっと積極的に使いこなしておられるようだ。「寂しい」を表す言葉でありながら、浮かび上がってくるのは、人と人のつながりの温かさだ。角館が雪国であることと、まったく無縁ではないだろう。

『北の河』（高井有一著）は、その角館が舞台になった小説。敗戦の年、疎開してきた母子は、そこで初めての冬を迎えようとしている。冬の寒さには到底耐えられないと思われる家に住み続ける不安が、これから先の運命への不安と相まって、母親を追い詰めていく。どんどん短くなっていく日照時間や寒さへの絶望的な恐怖がこちらにも伝わってくる。若い頃にはまったく自覚がなかったが、齢（よわい）を重ね、病を得、わかるようになった、体が冷えることへの恐怖。その本能的な恐怖があるからこそ、冬ごもりという言葉には、命の温もりを確かめるような切々とした響きがあるのではないか。

5

「自分が成長したと感じるのはどんなとき」と、昔なにかで質問されたことがあった。

そのときは、自分には答えようのない質問に感じられ、回答できないままに終わった気がする。

　数年前、ある病が発覚して、日常生活が少し不便になった。片方の耳が聞こえないので、携帯電話がどこで鳴っているかわからない。特定の周波数の音域が極端に聞こえにくいので、その周波数で話されることの多い外国語のヒアリングが、（前よりもっと）できなくなった、金属でできた雨の土砂降りが、絶え間なく聞こえる（耳鳴りのこと）、等々。それは確かに不便だったし、特に耳鳴りに関しては、逃げようがないので、耐えるしかなかった。どうやって耐えたかというと、自分は今、金と銀の糸でできた繭(まゆ)のなかで守られている、と想像することを思いついたのだった。繭の糸は音を立てて絶え間なく生み出されていく、だから安心、厳しい外界からの、冬ごもりなのだと。携帯電話は、視界に入るどこかに置いておけば、ランプで確認できた。外国語は何度も聞き直せば（それが可能な場合なら）なんとかなる。けれど、どうにもならないこともあった。

　森のなかに入って、鳥の声を聞いたときだった。

　明らかに鳴いているのに、どこで鳴いているのか方角がわからない。鳴き声だけでは正確に鳥と出会えない。焦りと、鳥が鳴いているのにその場所がわからない、という、自分の拠って立つところのものがガラガラと崩れ落ちていくようなショックで、愕然とした。自分がいかに、鳥や動物や植物の存在から、自分が自分である由縁のものを紡ぎ出してきたか、薄々は自覚していたつもりにもかかわらず、このとき初めて知ったかのように思い知らされたのだった。自分のことを、何もわかっていなかった、に、等しい。残りの一生、ずっとこれが続くのか。鳥が鳴き交わす森のなかで、ただ呆然と立ち尽くした。このときにまた、立ち尽くす、という言葉の本当の意味も知った。立ち尽くす、ということは、周りから色がなくなり、ぐるぐる回っているようで形もほとんど見えなくなり、ただ、自分の立っている足元だけが、薄ぼんやりとわかる、そういう意味だったのだ。立ち尽くすとは、こういうことなのだ、と、意識のどこかで作家の自分が新しい認知を得た。

自分が得た病に関しては、耳が聞こえないなどまだまだ序の口で、もっと絶望的になっていい瞬間も、それから幾度かあったけれど、あのときほど、五感含む自分の存在すべてで、絶望したことはなかった。けれど鳥は、鳴かずとも視界のなかに舞い降りてきてくれることもあったし、どこからか聞こえてくる囀りに、ああいるのだと喜びを感じるようにもなった。聴力もましになった。この病に関してはなんとか小康状態を保っている。

自分の書いた物語のなかに、少女が祖母に、「自分が死んだ後も世界は同じように回っている、それが怖い」というようなことをいう場面があった。これは私の幼い頃の恐怖だった。けれど今は、自分の死後も、鳥はどこかで囀っている、そのことに限りない安堵を覚える。昔された質問に、ようやく答えられるときが来たのだと思う。

養生のこと

1

数年前のことだ。病院の待合室に、六十代くらいの女性が、七十代と思われる男性の車椅子を押しながら入ってきた。待合室のベンチに空きはなく、何人かは立っている状態。車椅子の男性は上体を斜めに、しかも前かがみの姿勢で座っており、見るからに具合が悪そうだった。

私のところからは聞こえないが、なにか周りに聞こえるような声でブツブツといっている。その女性が一生懸命優しくなだめ、男性の気分を引き立てようとあれこれ機嫌をとっている様子なのが、彼女の口調でわかる。男性はたぶん、現役の頃はかなりワンマンな人だったのだろう。そう推察できるのは、その男性本人に威厳があるからではなく、かしずいている（？）女性がとても品良く優しく、「まあ、そうはいっても、ねえ、お兄さん、ここは我慢しなくちゃ」と、その男性のわがままを、一応はあなたの気持ちはわかるが、と尊重している様子なのが伝わってくるからだ。

そして男性がなにか、決定的なことをいったらしい。辺りの人たちが一斉に立ち上がった。女性は見るも気の毒なほど、平謝り。そしてありがとうございます、を繰り返している。どうやら、車椅子の自分に席を代わる奴はいないのか、というようなことをいったらしい。車椅子の男性の様子は、入ってきたときからいかにも気の毒だったし、周りの人びとも、席を代わった方がいいのか、それとも車椅子のままの方が本人は楽なのか、判断しかねていたのだろう。だから、向こうからの要請があったと思った時点で、すわ鎌倉、といわんばかりの勢いで、皆が立ち上がったのだった。しかし男性は彼らに礼をいうでもなく、まだブツブツいっている。女性はかわいそうなくらい周囲に気兼ねをしている。なのに男性の文句は止めどなく続く。

とうとう彼女は、泣きそうな声で、「もういい！　お兄さん！」と叫んだ。車椅子からベンチに移動しようとしていた男性は、それがショックだったのか、バランスを崩して床に転びかけた。その途端、先ほど席を譲ろうとした、四十代、五十代と思われる男性たちが一斉にまた立ち上がり、彼に手を差し伸べようとした（私は彼らのジエントルマンシップに見惚れた）。

それとほとんど同時に、奥のほうに座っていた、背が高くスリムな、年配の女性がすっとやってきて、的確な、迷いのない所作で――彼女が身頃から続くゆったりと優美な袖のカーディガンを身につけていたこともあって、まるでツルが舞うようだ、と私は思った――有無をいわさず男性を抱え、立ち上がらせ、座らせた。そして駆けつけた看護師になにか指示を出していた。その様子から、たぶん医療関係者と思われた。男性は弱い。劣位にあることに。本当は劣位でもなんでもないのだが。女性は、強い。なぜならそんなことにかまけていては、一歩も前に進めないことを、知っているから。

体が養生を必要としているときは、精神的にも弱点が曝け出される。あの男性と妹さん（?）の間柄も、本当のところはよくわからないが、今頃どうなさっていることだろう。

2

八ケ岳の家の庭のウラジロモミは、まだ強風でひっくり返ったままだ。根っこが土をつけたまま、宙に浮いている。痛々しくて、なんとかしてやりたいが、その辺り雪でややこしく、手をつけられないでいる。春になるのを待つしかない。根っこ部分を、せめて養生してやるのはどうだろう。けれどそれは見ている側の慰めにしかならないだろうことは一目瞭然。「山の庭」らしく、自然の成り行きに任すのがいいのではないか……。そんなことを考えながら、ふと、養生というのは面白い言葉だ、と思った。建築現場でもよく聞く「養生」は、隣接する場所で行われる作業の影響を受けないように、なにかで覆ってやるか支えてやるか、すること。ガーデニングでの「養生」は、移植などの際、どうしても被るダメージを最小限に抑えるため、根などを保護したり、土地になじんで成長を続けられるように、あれこれ手を入れたりすることだが、基本は、外界の脅威から大切に守られつつ、その間に生命力を維持、できるなら活性化させること、ではないか（と個人的に思っている）。「養生してください」と人から声をかけられるときは、自分自身に弱い箇所があり、そこを大事に、社会で立ちゆくよう、寒風にさらしてもそれを跳ね返していけるよう、強く育んでいってください、といわれているのだと思っている。しかし、本来なら守りたい、今まで散々傷つきを味わってきた、自分のなかの大切な部分を前面に出しても、明らかに脅威の待ち受ける社会へと、出ていかなければならないときもあるのだろう。

八ケ岳の小屋にはテレビや新聞がなく、私はスマホの類も持たないので、東京都内に帰ってくるとまずニュース番組を見ることが多い。先日もテレビをつけたら、同性婚を認めない法規定を違憲として、国を相手取って訴訟を起こした方々が映り、訴訟に至った個人的な思いの一端を述べておられて、感銘を受けた。ひとがひとを思う真摯さに、胸を打たれたのだ。家族や職場のことを考えれば、今の社会では勇気を必要とすることだったに違いない。そして自分たちのことだけではなく、一人ひとりがより生きやすい社会を目指すために、今ここで声を上げなければ、という使命感もあってのことに違いない。

社会のマジョリティーである異性婚の夫婦のなかには、「なんとなく流れで」「そろそろ適当なところで」と、結婚を決めた人びとも少なからずいるだろう。社会がそれを、暗に押し付けてくるせいもある。同性婚を望んだ彼ら、彼女らには、自分以外のものにはなれない、ならない、という決意の真剣さがある。夫婦として社会的、法的認知が得られれば、自分たちの家庭で子どもを育てたいと思っている同性カップルも多いだろう。少子化の問題が懸念されたにしても（そして最近の被虐待児の事例の多さを見ても、異性婚夫婦のもとで産まれた子どもたちが必ずしも幸せになるとは限らない）それは決してマイナスにはならないはずだ。

いつまでも冬は続かない。

3

八ケ岳へ行くたびストーブで焼くことになるだろう、ならいっそ、と、ジャガイモを箱ごと買った。とりあえずジャガイモはある、と思えば買い物に行けない日が続いても、心強いことだろう、と思ったのだった。そうして購入した段ボール箱いっぱいのジャガイモは、見るだけで私を豊かな気分にした。

　本格的な冬を迎える頃になると、うっかり入れたままにしていたポットの水が、次回行くと凍っている、ということがよく起こった。室内でも平気で氷点下になることを、つい忘れるのだ。しかし私にはジャガイモがある。そう気を取り直して段ボールの箱を眺めたものだ。あるとき肝心のそのジャガイモたちの、手触り（一部は色も）がおかしいのに気づいた。床には水分も漏れている。なんということだろう。寒さでだめにしてしまったのだ、と心底がっかりして、捨てようとしたが、芽も出ていなければ、腐った臭いもしない。そうだ、アンデス高地の人びとは確か、夜の冷気で凍らせたジャガイモを足で踏んで水気を出し、それを繰り返して乾燥イモを作っていなかったか、と昔見た映像を思い出した。ジャガイモは、色が黒くなっているものとなっていないものがある。それぞれ数個ずつ、流しに運ぶ。まるではんぺんのような柔らかさ。洗おうとすると、茹でたトマトのようにツルツルと皮が剝けていく。手で押せば、水鉄砲のように水を噴射する。面白い。水分を出した「乾物もどき」と、そのままのものを、両方適当に切って小麦粉をまぶし、油でソテーしてみると、普通に食べられるばかりか、なんだか鄙びた味わいでおいしい。これは本来あるべき乾燥ジャガイモの途上にある形に違いない、と、残りはバケツに入れ、硝子戸の近くに置いて、様子を見ることにした。私のいない間にも、氷点下の夜と日中の日差しがイモたちに働いてくれるだろう。

　さて、工事中だった暖炉のある小屋の話である。この小屋の床を、ＭＤさん（建築家）が地元の鉄平石（てっぺいせき）で、と提案されたとき、それは願ってもないことと、石好きの私は喜んだ。そして、いらした長野県佐久市の石屋さんが持ってこられたのは、想像以上にうつくしい石で、このときお聞きした、その鉄平石の採石の方法もまた、とても興味深いものだった（ホームページにもその様子を動画で載せておられる）。この敷石の本体は、八丁地川の清らかな流れのほとりで板状節理をなす安山岩である。コンコン、と板状の石の角を、あちこち叩くと、なにか最初から貼り合わせてあったもののように石が薄く剝がれる。その剝がれた一枚を、また、同じようにコンコン、と叩く。するとさらにパカッと開くように石が二つに分かれる。そうやってどんどん薄くなっていく（もちろん限界はあるのだろうが）。自然に平べったく、また微妙な凹凸が味わい深い。そして一枚とて同じものはない、灰がかった青や緑や赤の、複雑な色合い。

自然が自分で養生して出来上がっていくプロセスには、人知の到底及ばないものがあり、敬虔（けいけん）な思いにならずにはいられない。

4

管理事務所のMさんは、建築家や職人さんたちの仕事にも詳しい。今回八ケ岳に小屋を作るにあたって、左官のKさんを紹介してくださったのもMさんだ。

「Kさんの左官仕上げの素晴らしさはですね、かなり大きな壁面でも、きれいに平滑にできることなんです。小さな面積だったら簡単なんですが……。もちろん、味のあるコテ当てで仕上げたりするのもうまいし。あと、入隅（いりずみ）や出隅（でずみ）――二つの壁が（大抵の場合九十度に）内向きに折り合う場合は入隅、外向きに出っぱる角になっている場合は出隅――のとこや、床と壁なんかで素材が変わるとこの仕上げが、すごく丁寧なんです。今度も、巾木を使わずにやっているでしょう、だから目立つとこなんですけど。それからやっぱり、漆喰の色がきれい。土の粒度をすごく細かくしているらしいです」。こういわれては、ぜひKさんで、とお願いするしかない。

お会いした左官・Kさんは、左官仕事への愛情が、全身からほとばしり出ているような方だった。漆喰という自然素材が、いかに環境にも生体にも負荷がなく、メリットの多いものであるか、力説のあまり、「自分の家も漆喰にしているんですが、どういうわけか、虫がよくやってくるんですよね。虫も気持ちいいんでしょうね。蜂なんか、こんな大きな巣を作っちゃって」。これがいい情報なのかどうか、よくわからないが、話を聞いていると、地球まるごと幸せになれそうで、まあ、いいか、と思う。

左官・Kさんだけではなく、連れていらした職人さんたちの腕前も素晴らしい。盛んに説明してくださる左官・Kさんの横で、黙々と出隅・入隅を丹念に塗っていらっしゃった。それが素晴らしいとわかるのは、実は私たちも――建築家のMDさんやたまたまいらした画家の小沢さんも――塗らせてもらったからなのだ。平滑になんて、とても塗れるものではない(小沢さんはさすがに、本職が同じような仕事なので、私たちよりはよほど根気よく上手に塗っていらしたが)。

漆喰は何回か塗り重ねるが、一度塗ったらその度養生させなければならない。濡れて艶のある濃い漆喰の色が、だんだんに乾いて、色合いとしては少し薄めに、明るくなっていく。部分部分が時間差でそうなっていくので、なんともいえないうつくしさだ。その間、人間は何も手を入れず、ただ漆喰がなりたいようにならせていく。工事のタイミングが、八ケ岳おろしの吹き荒ぶ厳冬期になってしまい、作業着だけの職人さんたちには苛酷過ぎると気を揉んだが、この寒気がまた漆喰にどういう影響を及ぼすのか、それも未知数だ。乾いてみないとわからない。時間が経ってみないとわからない。何度かそういう言葉を現場で聞いた。養生の時間というのは神秘的だ。なにかがなされていくのは確かなのだ。けれど人間はそれに参画できない。ただ、願うことしか。まるで無力のようでいて、しかしそれも大切な仕事のように思う。願わなければとんでもない方向に行くような気もする。祈りの時間に似ている。

5

早いもので、この間年が明けたと思ったら、もう年度末が近づいてきた。一日一日と日が長く、空が明るくなっているのが感じられる。

太陽の光が一番かそけくなり、闇の力が強まるように感じられる小正月から節分の頃にかけて（本来なら冬至前後が一番暗いわけだが、その頃はいつもクリスマスが頑張っているので、世の中はまだ明るいムードにあるように思う）、各地で火祭りが催される。左義長、どんど焼きなど、名称や由来は変わっても、そもそもは太陽の働きが十分に復活するまで、闇と寒さの中でなんとか命の火を繋いでいけるように、そういう願いを込めた祭りなのだろう。

小屋の暖炉が出来上がった。無骨な中世のヨーロッパのそれのように、焚き火をするようなイメージで作ってもらった。炉をデザインしてくださったＫＭさんは、最初、炉内を区切るように壁を作って、薪を入れるスペースのある模型を作ってくださったのだが、私はその壁も取って、とにかく丸太のような大きな薪も入るように炉内を大きくしてくれるように頼んだのだった。

ついに完成し、ＫＭさんたちが火を入れて実演して見せてくださったときにはよく燃えていた暖炉の火が、彼らが帰り、いざ自分で熾すとなると、それが驚くほど難しい。ストーブの場合は、焚き始めると密閉された炉内が高温になり、薪がどんどん燃えやすくなるのだが、暖炉ではそういうわけにはいかない。炉壁までが遠いし、何しろオープン（さらに私は、だだっ広く、と頼んでいた）なので、炉内を温かくするということが、簡単にはできない。ＫＭさんが最初の模型で薪入れのスペースを作り、炉を区切ったのは、そのためだったのか、とようやく思いついた。なんとか炎が持続したように思っていると、煙突の方へ上昇するのを拒んだ煙の一群がのろのろと室内へはみ出してくる。とても煙い。体ごと薫製になりそう。KMさんに連絡して相談すると、「最初に排気ダンパー（制御弁）を開いたら、着火剤に火を着けたものを、炉内の煙突の入り口にかざして、ドラフト（上昇気流）を起こさせ、空気の通路を作ってやってください。そして……」等々、アドバイスをいただく。空気の流れを最初に作ってやる。それだけでもだいぶ違った。「炉を、徐々に温めるように心がけてください。この暖炉のコンセプトは、ゆっくりした時間の流れを堪能する、ということだと思い、そう作りました。炎の大きさ、炉の温まり具合は、都会の秒単位、分単位で刻まれた時間の流れとは異なります。できるだけ炉床の熾火を増やすようにして、ゆっくりと炎を大きくしていってください……」

辺りはだんだん、薄暗くなっていく。小さな炎を見つめながら、少しずつ、大切に火を繋いでいく。壁が少しずつ温まってくる。寒気で張り詰めていた室内の空気も、次第に緩んでくるのが感じられる。半日、ほぼそれに専念する。

命の火を養生する。とりわけ、苦しいことばかりが続く、真冬のような日々には、それだけに専念する。

南の風

1

南九州の生まれなので、そうでない友人たちよりは、子ども時代、南島出身者に会う機会は多かったと思う。皆温和で優しかった。島を出て下宿しながら中学高校に通っていた、コツコツ努力型の優秀な（今の自分の年齢からすれば）子どもたちだった。彼女たちから聞く、トイレの天井から垂れ下がるハブの話にゾクゾクし、夜明けの浜辺に卵を産みに来るウミガメにうっとりした。海の向こうにもう一つの世界がある。ほとんどニライカナイを思うように、南の島々を思っていた。

なのにこれまでほとんど南島へ行ったことがなかったのは、北志向が強かったからと、望郷にも似た神秘のベールの向こうにあったニライカナイへ、足を踏み入れようという気になれなかったからだ。でもいつかは現実の南島と向き合うときが来るのだになった。

ろう。そう思っていたが、今回、いくつかの必要から、いよいよ沖縄に出かけることになった。

植生が、まず全然違うのだった。予想していた湿気は、この時期あまり感じられず、日差しこそ真夏のようにガンと強いのだが、吹く風はときにまだ冬の名残を含んでさらりと涼しい。見る植物見る植物、名前を知らないものが多いことに静かに興奮した。ガジュマルは大丈夫、アコウも知っている。ハイビスカスやブーゲンビリアも、この季節に咲いていることは驚きだが名前は大丈夫。けれど、あれは何？　街路樹のように、ありふれたものとしてあちこちに生えている木を、私は知らなかった。コバテイシ、別名モモタマナ。あの見慣れない鳥は？　シロガシラ。一つ一つ調べては、脳に叩き込む、この喜び。昔のようには覚えられない。一度覚えても、すぐに忘れる。また覚える。次は正解の一部だけを思い出す。また覚え直す。倦（う）まず弛（たゆ）まずやっていると、だんだん素早く出てくるようになる。昔と違い、時間をかけた分だけ覚えたことが尊く思える。自分の手持ちの知識になったことの喜びもまた違う。

そして薄々は疑っていたが、本来の性質というものをはっきりと知り、唖然としたのが、ポトスである。ポトスは観葉植物として、可愛らしく鉢に入ったものを、若い頃入手して、気難しい他の植物と違い、すくすくと成長してくれるので、頼もしく思い、しかしその成長に際限がない気がし、ふと不安に思ったこともあった。その不安が何十年か後の今、まざまざと的中したのだった。ところどころ密林化した藪に、必ずといっていいほど、巨大化したポトスの葉が絡まりつき、一本の木をのみ込まんがばかりに栄華を誇っている光景にしょっちゅう出くわした。最初はポトスだとは思わなかった。しかし、よくよく見て、まるで昔おとなしかった女の子を、記憶の彼方から呼び起こすかのように、それがポトスだと認識したときの驚き。まさかこんな人だとは思わなかったけれど、そういえば思い当たることもないではない、というような。

本性というものは、やはり一度は思い切り開花させておく方が、後生に悔いを残さないためにも、いいのだろうか。よくわからない。しかしポトスは実に気持ちよさそうだった。

2

カーナビというものにはこれまでもいろいろ翻弄されてきたが、沖縄滞在時に使っていたレンタカーのカーナビは特別、変わっていた。行く先を入れても、途中からまったく別のところに案内され、え?と、入れたはずの行く先を確かめれば、いつの間にかまったく違う目的地がインプットされているのだ。まるで心霊現象だ。佐喜眞美術館（宜野湾市）へ行くときもそうだった。とんでもない細い道をグネグネと廻り、最後には急坂の下まで下ろされて、目的地周辺だという。時間に間に合わなくなってとても焦ったが、なんとかたどり着いた。

佐喜眞美術館は、ナビが最初案内してくれた場所とは正反対の、海と基地を見下ろす高台にあった（もしかしたらあの高みへの行程を、一気に経験させてやろうというナビの心算があったのかもしれない）。

館長の佐喜眞道夫さんは、東京にお住まいだった頃、丸木位里・丸木俊夫妻の「沖縄戦の図」をご覧になり、この絵をぜひとも沖縄へと熱望された。だがそれを引き受けてくれる美術館も記念館も、当時沖縄にはなかった。なかったら作ろう、と美術館設営を志される。それまで美術畑とは無縁のお仕事をされていたのに、である。すごいことだと思う。一枚の絵のために、一から美術館を建てる――自分の一生を、その絵に捧げるようなものだ。

「沖縄戦の体験は繰り返し立ち返る必要があります」。佐喜眞さんはおっしゃる。「沖縄の精神に『丸木芸術』が加わることで、沖縄のバックボーンはさらに強固になるだろう、と考えたのです」

「沖縄戦の図」は、単なる絵であることを越えてそこに在る。折り重なった遺体、追い詰められ、家族に手をかける場面、炎の中を逃げ惑う人びと……。徹底的に蹂躙された沖縄。だが、絶望的で凄惨な場面でありながら、どこか包み込むような画家の「手」を感じるのは、爆撃に砕け散った体は完璧に揃ったものとして、裸の体には琉球絣の衣服が着せられて、在ることに、せめても、といういたわりが見えるからだろう。悲惨な体験に寄り添うようにして（寄り添うとはこのようなときに使う言葉だろう）、沖縄本島や近隣諸島を回り、戦争体験を聞き続けた丸木夫妻の慟哭が、ひたひたと満ちている。鎮魂の絵であり、人間の尊厳を守ろうとする絵なのだ。目をそらさず、正面から受け止めてまっすぐに観ればきっと、この絵に込められた丸木夫妻の、寄り添う覚悟と平和を希求する強靭な意志が感じられるはずだ。

この美術館建設を志された頃、佐喜眞ご夫妻は、ご長男を死産され、悲しみの底にあられた。ご自分たちの命の火すら消えてしまいそうな不安から、当時、赤いスポーツカーを購入し、ドライブをした。そうお話を聞き、スポーツカーでドライブする、という世間一般の晴れやかなイメージからはほど遠い、死と隣り合わせの寂しさと、それでも生きなければならないという切実な思いが伝わってきて、そしてそれが「赤」くなければならなかった必然も、痛いほど感じられ、陽の傾いてきた部屋で、私は目を伏せた。

3

沖縄の町を歩いていると、そこここに拝所があることに気づく。土地の起伏のある木立、曲がり角、大樹の根元、等々に、ささやかな信仰のしるし（線香を焚くなど）が目に入ってくる。もっと大きな、御嶽と呼ばれる聖所などを含めると、おそらく島全体にそういう場所が無数のネットワークのようにあって、人間の体でいえば、経絡のように連関し合い、有機的な営みで全体性を保っていたのだろう。

けれど今、その聖所の多くが連関を断ち切られている。例えば普天間には、普天満宮という昔からの琉球古神道を芯にした神社がある。首里城方面からそこへ参るため、三百五十年前から、参道ともいえる、普天間街道があったが、戦後、基地によって分断された。見事であったと伝えられるリュウキュウマツの並木も、戦時中日本軍の塹壕建築資材として切り倒され、見る影もない。さらに島全体の主要部分に、米軍基地がしっかり食い入っている（カーナビの地図では突然ブランクになる）。同じく人間の体に喩えれば、まるで内臓をごっそり取られたような状況で、国のトップから沖縄の人びとに「寄り添いたい」といわれても、まずどうやって健やかに生きていけるのか、その方法を教えてほしいといいたくなるだろう。

丸木夫妻の「沖縄戦の図」を沖縄で展示するため、佐喜眞道夫さんは奔走するが、美術館建設用地として理想的な土地は基地の中にあることが多かった。ご先祖が残した土地の多くも基地内にあった。改めて確認していくと、フェンスに面しているご自分の土地の一部が美術館建設の条件にぴったりと合う。運命的なものを感じた佐喜眞さんは、那覇市の防衛施設局（現沖縄防衛局）に出向き、そこで土地返還を申請し、手続きの説明を受ける。

「一番下に申請者の私がおり、その上にいくつもの会議が続き、最後は日本政府の外務大臣、防衛庁長官（現在は防衛大臣）とアメリカの国務長官、国防長官が決定するというものでした。（略）年に四、五回、施設局に出向いて進捗状況を確認すると、返答はいつも、『佐喜眞さんの要請は米軍に伝えてありますが、米軍は返還を渋っています』というものでした。ほぼ三年間、同じ返答を聞きつづけたある日、『この件は今、どの段階の会議で話し合われているのですか?』と聞きました。『東京との連絡会議にかけるところです。今回は議題が多くてかけられませんでした。次にかけます』『次はいつですか?』『三カ月先です』。防衛施設局がまったく仕事をしていない

ことに私はやっと気がつきました」（『アートで平和をつくる』佐喜眞道夫著・岩波ブックレットより）

「米軍は返還を渋っている」というのは、明らかな嘘だった。伝えることはおろか、会議にすらかけられていなかったのだ。その後、佐喜眞さんは地元の宜野湾市役所を通し、在沖米国海兵隊基地不動産管理事務所のポール・ギノザ所長に直接会うことができた。要望を述べると、ミュージアムができれば宜野湾は良くなる、とすぐに設立の意義が認められ、快諾される。「私は、啞然としました。（略）沖縄のささやかな願いを長期間邪魔し、屈服させようとしていたのは米軍ではなく、日本政府の方だったのです」（同）

4

邪気のある風（霊）は、まっすぐにしか通れないという言い伝えから、T字路やY字路で風がぶつかる場所を、石敢當（いしがんとう）という文字で守る、という、中国由来の風習がある。文字が書いてあるのは石塔であったり、石板（その場合は壁にはめ込まれている）であったりだが、邪霊が「まっすぐに」その向こうにある家屋へ侵入するのを防ぐためなのだそうだ。沖縄以外でも見たことがあるにはあったが、沖縄には本当に多い。住宅地を百メートルも歩かないうちに何度見つけたことか。風に敏感にならざるを得ないものが、気候風土にあるのだろう。

南島の家屋に多い、「ひんぷん（屏風）」というしつらいがある。門から敷地内に入ってすぐのところに、通りがかりの人が奥まで見渡せないように、目隠しのための壁があることがある。それがひんぷんで、単なる目隠しというだけではなく、そういう邪気を含んだ風のようなものを遮断する、石敢當のような役割もあるのではないかと思う。そういう暴力的なものを避け、平和を愛する県民性なのだ。それなのに軍事基地という、いってみれば最大級の暴力の巣のようなものと、隣り合わせに生活しなければならない苦痛は、当事者でなければわからない類のものだろう。空から落ちてくる鉄の塊も、耳をつんざく騒音も、優しいひんぷんの壁では、もはや防げない。

沖縄に来て何日目かの午後、取材場所へ行くため、首里城近くの公園を突っ切ろうとした。園内では数人の指導者（教師？）が、小学校低学年の生徒たちに自転車の乗り方を指導していた。私の数メートル先で、その中の一人の女の子が、歩道脇の石に強く叩きつけられるようにして倒れた。思わず「ああっ！」と叫んだ。頭部をまともに強打したのを目の当たりにしたので、怪我を心配しつつ、これは大泣きになるぞ、と予感した。というのも、今までの経験から、こんな災難に遭った子どもは、まず一瞬間をおいて、それから皆、火がついたように泣く、そう思い込んでいたのだ。それほど激しい「当たり方」だった。私が駆けつけるより早く、指導者の大人たちが走り寄った。私が大きな声を出したので、ちらちらこちらを見ながら、笑顔を送る。心配なかったですよ、と伝えたいのだろう。女の子は、なんと、泣かなかった。そして同じようにこちらをちらりと見た。心配させないようにか、我慢しているのがわかった。

泣きたくなったのは私の方だった。私もそういう子だった。人前で泣くということが素直にできない。彼女の気持ちは彼女にしかわからないことだが、昔、私自身には、どこか、人に弱みを見せたくない思いの強い、可愛げのない子どもだという自覚があった。けれど齢(よわい)を重ねて、自分が泣かなかったのは、自分の辛さは自分一人のものとして、他にまでこの辛さを共有させるべきではない、という子どもなりのダンディズムというものではなかったのか、と思うようになった。だとしたら、それは違う、と大人の自分は子どもの頃の自分にいいたい。

5

南島の雨にしては柔らかい、いかにも優しい春の雨が、一日降ったり止（や）んだり、それに前後して、空からは日差しが出たり曇ったり、歩きながら傘を閉じたり開いたり、そういう日だった。読谷村（よみたんそん）の山手を歩きながら、月桃の葉の茂みに何度も目が吸い寄せられた。九州や本州で見られる葉蘭のような立ち姿だが、香りがまったく違う。南島に自生する月桃は、密林の中よりも林縁、集落の周辺によく見られる植物だ。人との関わり合いが好きなのだろう。実際、この葉を使った菓子がこの地の伝統行事のなかで用いられてきたし、私もこの葉で作るお茶が好きだった。一つの大きな茂みに一、二本、どういうわけか、すうっと茎が伸びて、大小の白い珠（たま）がこぼれるように、房になった蕾がついている。本格的に花が咲き始めるのはもっと先だけれど、そういうフライングをして先駆けの花が咲く。土のなかではきっと、様々な植物の根が、攻防を繰り広げつつ、連係をとったり助け合ったり（どうも植物たちはそうするようなのである）して、そのなにかのやり取りの結晶が、こういう、春一番の、雨滴をつけた真珠の玉のような蕾になったりするのだろう。地下でなにかが確実に動いていること、そしてそれは、人間の物差しでは測ることができない類の重要性を帯びていること。

沖縄に着いた日、まっすぐに辺野古へ向かった。県民投票の結果、基地反対の民意がはっきりしたというのに、事態は何も変わらず、ダンプやトラックが坂の向こうから列をなして向かってきている。座り込む人びとを、機動隊員が一人ずつ、四人がかりで（四肢を摑んで持ち上げるようにして）移動させる。移動させられた人びとの前に機動隊員が並び立ち、盾になってダンプの通行の邪魔をさせないようにする。いつも来ていらっしゃるのだろう、年配のご婦人が、機動隊の若者の前で、えんえんとご自分の主張を繰り広げる。若者は目を伏せ、口をへの字に結んで黙って聞いている。過去にいろいろあったので、応答しないようにいわれているのかもしれない。見ようによっては、孫が祖母の繰り言に憮然としている、というようでもあった。やがて撤収の時間が来て、そのご婦人のバッグが、地面に置き去りにされたままになろうとした。それに気づいた若者は、思わず、「あ、忘れましたよ」と数歩、ご婦人に歩み寄った。バッグに変なものが入っていては、という治安上の問題もあるかもしれないが、そのバッグには、年配の婦人の身の回りのなんやかや、なくなったら困るものが入っているであろうことは歴然としていた。その機動隊員の声には親身さがあった。彼女は笑顔で受け取って礼をいった。ちょうど沖縄の楽器、三線の日で、座り込みをしている反対側の歩道では、「かぎやで風」が奏でられていたらしい。

反対運動が馴れ合いになっている、という批判の声があることも知っている。けれどそれが、マイナスのことには思えない。目に見える地上の姿とはまったく別な世界で、根っこは動いている。純白の花が、咲こうが咲くまいが、根っこは動くのだ。

6

数日、読谷村を回りながらずっと逡巡していた。

心のなかにあったのは、チビチリガマだ。戦後三十八年、下嶋哲朗氏らの調査で、初めて起こったことが明らかになった、集団自決のあった場所だ（『沖縄・チビチリガマの〝集団自決〟』下嶋哲朗著・岩波ブックレット）。愛する家族を手にかけなければならなかった事態の悲惨さが、それまで生き残った関係者の口を閉ざさせていた。

ガマへ行くことは、最後まで迷っていた。軽い気持ちで行くことはできなかった。自分の気持ちが亡くなった方々から離れていては、単なる「歴史的な場所巡り」と同じになってしまう。けれど、亡くなった方々と同じ気持ちになることはできない。また、なれたと思うことは冒瀆であろう。私が長い間沖縄に来られなかったことの核心の部分には、この気持ちが、ずっとあったのだった。

近くまで、行くだけ行こう。最後の日、そう思って出かけると、ちょうど先を行く人がいて、導かれるように自然に、道路からガマへの道を降りた。すっかり辺りを覆ったガジュマルの若葉が、緑の天蓋のように小さな広場を覆っていた。地下世界のようにしんとして、陰影の深い小さな広場があり、その向こうにガマの入り口があった。今の気候が、温暖化で以前よりずいぶん進んでいると思えば、ここで集団自決のあった四月二日も、こういう気候だったに違いない。ああ、ここだったのですね、と、心のなかで話しかけた。今はこんなに穏やかで、静かで、緑に囲まれている。こんな素晴らしい故郷だったのですね……。

　ガマのなかには、今は入れない。内部は暗闇で、人の顔もわからないほどだったという。そういう暗闇から竹槍を持って飛び出して、米軍に射殺された男性たちも、飛び出した一瞬、光に満ちた世界に包まれた、のであったら。ガマの入り口から道路へ戻ると、青空はいよいよ眩しく、痛いほど明るい。海はすぐそこなのだ。来る前は、チビチリガマがこんなに海に近い場所にあるとは思わなかった。この海が、米軍の艦隊で真っ黒になったという。

　その数日前、嘉数（かかず）の丘に登った。旧日本軍のトーチカがあり、沖縄戦中、最も凄まじい戦闘が繰り広げられたといわれる場所だった。その、丘の上のベンチで、サンドイッチを食べた。青い海が見渡せ、すぐ下には田中一村の描くような南島の緑の植生が広がって、傍らのデイゴの木には実がなり、地面に落ちたそれを、鮮やかな青色のイソヒヨドリが啄んでいた。乾いた涼しい風が吹いて、冷たいお茶を飲み、まるでイタリアの島にいるように快適で、なんて幸せなんだろう、と目を閉じた。あの日も、こんな気候だったに違いない。けれど、今はこんなに幸せだと、近くに眠る、誰にともなく語りかけるように、ことさら強く思った。強く思えば思うほど、この幸せを、ともに噛みしめられるような気がして。それ以外に、どういう供養の方法があるのだろう。あれから長い長い年月が経った。七十四年だ。来る途中で買ってきた、アメリカ風のサンドイッチは、本当においしかったのだ。

7

羽田から鹿児島行きの飛行機に乗っていた。晴れ渡ったいい天気で、離陸後しばらくすると三浦半島の上空に差し掛かり、漁港に停泊している船まで見えた。幾度か歩き回った山中や入り江や岬などを確認するうち、高度は次第に上がり、富士山の山頂を眼下にする。南側の雪が少し溶けかかっているけれど、まだまだ白い富士、晴天でもそこだけ雲がかかって姿が見えない日も多いことを考えれば、今日はラッキーだ。やがて見えてくる細長い腕は渥美半島、伊勢湾に浮かぶ出島は中部国際空港、ああ、この飛行機は紀伊半島を突っ切るつもりだなと思っていたら、熊野とおぼしき山なみが長い長い。さすが隠国（こもりく）だと感じ入っていると、海に出た。私の感覚では、紀伊半島を伊勢・松阪あたりから真西に突っ切って、和歌山か泉佐野の周辺、つまりこのとき大阪湾の上空に出たと思っていた。だから北の方にうっすら見える陸地はかつて住み慣れた阪神間の辺りだと推測していたのだが、そうすると淡路島がないのだ。おかしいな、と思っていたら眼下に長い長い海岸線が出て、やがてその先にしゅっと尖った、これはまごうかたなき室戸岬……。頭のなかは疑問符でいっぱいだ。

　昔四国の道路も車で走った。本州から明石海峡大橋、大鳴門橋を渡って徳島に入り、高速が開通した翌日だったか、四国の上辺をなぞるようにしてそのまま西へ、石鎚（いしづち）山の北側を通り、貝のひものような佐田（さだ）岬（鹿児島の大隅半島にある佐多岬、ではない）を綱渡りのように通って、速吸瀬戸（はやすいのせと）とも呼ばれる豊予（ほうよ）海峡をフェリーで渡り、九州に上陸したのだった（ちなみに豊予海峡には、黒潮が一部、流れ込んでいる）。

　国際線だと、画面に現在通過中の陸地の地図が出てくるのですぐに照合できるのだが、国内線だとそれが難しい。けれど、着陸近くになると、ルートマップが現れ、すべてが明らかになった。私が伊勢・松阪から紀伊半島へ入ったと思ったのは間違いで、それより北寄りの津から、西へではなく、斜め下方（南南西方面）を南紀白浜へ向かっていたのだとわかった。この角度の違いは大きい。それで大阪湾ではなく、紀伊水道に出たわけで、阪神間の陸地、と思っていたのは淡路島だった。すぐに四国の沿岸が来るわけだ。紀伊半島を斜めに突っ切ったので、あんなにいつまでも、長い長い隠国が続いたのだ……。正解に納得する、この深々とした満足感。

沖縄から北上してきた石敢當が到達した地域は、せいぜい鹿児島県の南部くらいだろうと思っていたが、鹿児島市内にもずいぶん残っているのだと聞き、とても驚いた。それで鹿児島行きのついでに確かめたいと思っていた。植物の種は黒潮に乗り、流れ着いてそこの気候に合えば繁殖し、合わなければ撤退する。それの繰り返し。アコウは沖縄など南西諸島でよく見かけるが、鹿児島県南部、山口県、四国、紀伊半島などの海岸線にも見られる。石敢當のような信仰に近い風俗や考え方の癖のようなもの——人びとの行き来もまた、黒潮のようなものと考えれば雄大で楽しい。

8

鹿児島市内にも、石敢當は確かにあった。ビルの周囲に埋もれるようにして、石敢當は持ち場を守っていた。鹿児島市内のみならず、さらに北の、霧島、宮崎の方へも伝播していた。そして関東や東北の方まで少なからず存在しているらしいのは、ルートはそれぞれだろうが、この風習を伝え聞いて、実行した例なのだろう。暴走を食い止めてくれ、当たるところ敵なしといわれた石敢當には、人間らしい心細さや不安にアピールする魅力があるのに違いない。

南から伝わっていったものの話を続けよう。

新緑の農繁期、南九州では「あくまき」という菓子が出回る。孟宗竹の筍が伸びるときに落としていく皮にもち米を詰めて、灰汁で煮るのだが、実家ではそれをチマキと呼んでいた。いわゆる白いチマキとはまったく違うのに、と不思議だったが、長じて外見の似た中華チマキに出会い、ああそうか、これはもともと、大昔に中国大陸から渡ってきた、米を使った携帯保存食の原型のようなものなのではないか、と思いついた。それから後、源　順が九三〇年代に編纂した『倭名類聚鈔』に、和名知萬木の記述があり、菰（現代のマコモだが、物を包むことが可能な植物素材と思われる）の葉で包んだもち米を灰汁で煮、五月五日に食すると記されていることを知った。この菓子名と製法は、この頃すでに巷に広く伝えられていたということになる。南九州の坊津は、古代日本で最も国際的な港を擁しており、大陸から様々な文物が伝えられた。チマキもその一つだったのだろう。そこから日本の諸国に渡り、京都のチマキのように、より洗練された形になっていったのだろう。だが最初に渡来した南九州では、原型に敬意を払うあまりか、千年以上も手を加えることなく伝えてきた……と思えばしみじみその素朴さが愛おしくなる。

　そういうことを以前、友人との往復書簡（すでに本になった）に書いたところ、山形県の鶴岡市にも、もち米を灰汁で煮て作る菓子があると、取材で知り合ってから親しくさせていただいているある方が先日送ってくれた。農繁期に作るというのも、灰汁で琥珀色になったもち米も、それをきな粉等で食べるところもいっしょだが、孟宗竹が自生しない彼の地では笹で三角に巻いてあった。黒点が一見不気味な孟宗竹の皮からすると、とても瀟洒に思えた。庄内藩、鶴岡に、南九州、薩摩のあくまきと同じ製法の菓子があることをいろいろ想像する。こじつければ西郷隆盛も出てきそうだが、灰汁で煮る、というもともとの製法が、思わぬところで密やかに生き延びて伝えられている、と思えば悠久の歴史を感じさせる。

明治時代、酒田・鶴岡県令となった三島通庸（みちつね）は、大久保利通らの反対を押し切ってまで数々の土木工事を推し進めたことから、土木県令といわれたほどの、ブルドーザー並に強面（こわもて）の人だったらしいが、加茂から鶴岡への道の道路延長計画の途中にあった「大山の石敢當」と呼ばれる石敢當を取り払うに忍びず、ルートを変更した。三島は薩摩藩出身だったのである。

第三章　鳥の食事箱

野生と付き合う

1

久しぶりの八ケ岳だった。小屋周りには、もう雪も消えていた。ゆったりと下り勾配になった庭の一番奥まったところに、細い涸沢が走っている。一年のこの時期だけ、ここは小川になる。山からの雪解け水が、ところどころ小さな岩場に当たってキラキラ光りながら流れ、コロコロと心地よい音を立てている。

今回の初日にはキビタキの雌が現れた。雄はまだ到着していないのかな、と思っていると、翌日には、水で洗ったように鮮やかな黒と黄色の雄を目撃。昨年の幼鳥にしては鮮やかすぎるので、昨年、ここによく現れていた彼だろう。別の木立のなかに、小さな鳥が見える。ムシクイの仲間?と双眼鏡で覗けば、キクイタダキの雄、しかも冠がオレンジ色（大抵は黄色）だった。ここでキクイタダキを見たのは初めてだったので、しばらくは夢見心地。ベランダには馴染みのコガラやヒガラが訪れている。何かしたい、と思ったのは、大好きな鳥たちに会えて、やはり少し、浮かれていたのだろう。

冷凍庫に、ナッツとドライフルーツがふんだんに入ったカントリーブレッドをスライスしたものが数枚、残っていた。その一枚を半解凍して、包丁で細かく刻み、皿に入れ、ベランダの手すりに置いてみる。数時間後、ヒガラが来てちらりと覗いていく。それからゴジュウカラがやって来てそっとなかを覗き込み、恐る恐る一回だけ突っついてすぐに飛び立った（ゴジュウカラは、背中側全体がブルーグレーの、スタイリッシュな鳥だ。北海道ではよく見かけるけれど、本州では高山に行かないとなかなか観察できない）。やがて舞い戻ってき、かけらを咥えると、すぐそばに立つ、彼の気に入りのヤエガワカンバの枝の上へ運んで食べている。その日彼はこの皿の唯一の客となり、夕方近く、雨が降りそうだったので、私が皿を家のなかに入れるまで、頻繁に訪れていた。

降ると思った雨はなかなか降らず、すっかり顧客となったゴジュウカラの彼は再びやってきて、手すりに降り立ち、あったはずの皿がないので呆然と突っ立つ。それから気を取り直した様子で、手すりを端から端までぴょんぴょん飛び、また皿のあった位置に戻ってくると、下を覗き込み、反対側からも下を覗き込み、首を傾げつつ去っていった。その仕草があまりにも可愛らしく、思わず頰が緩んだ。正直にいって、それは期待していないことだったので、少し戸惑った。今までもわざとパン屑をばらまいたりしたことはあったけれど、知らないうちに食べてくれれば満足で、コミュニケーションをとりたいと思ったわけではなかった。大体、バードフィーダー（餌をやるための器具）をわざわざ準備することも躊躇っていたのだ。自分の日常から大幅に逸脱しない程度（いらないトレイや皿に、余った食材を少し入れる程度）で十分だと思っていた。しかし、別荘地を車で走っていた折、ある場所だけ驚くほど鳥が集まっているのを見つけ、それがそのお宅のバードフィーダーのせいだとわかったとき、俄に心が揺れた、こともあった。

2

東京都内の家の近くの公園に池があって、冬場になると多くの水鳥がやってきたものだった。しかし今、以前に比べるとその数は圧倒的に少ない。ある時期、鳥に餌をあげないキャンペーンのようなものが展開されたのだ。園内には「水鳥に餌をあげないようにしましょう」と大書されたポスターや立て看板のようなものが目につくようになった。肥満になって猫にやられる、渡りができなくなるなどの弊害も説明されていた。

それまでは、スーパーのレジ袋いっぱいにパンの耳などを入れ、規則正しく通ってきていた人びとが、いつの間にか隠れるようにして（実際水辺すれすれに張り出した藪の中など、足元が危ないような場所で）、周囲に気兼ねしながら餌をやる姿を見るようになり、そしてやがて、まったく見なくなった。そのほとんどが高齢者だった。堅実そうな彼ら彼女らの様子から、鳥が待っていてくれる、そのことが生活の張りにもなっていただろうことは容易に察せられた。

一つのキャンペーンが功を奏し、餌をやることはいけないこと、という絶対的な空気ができあがり、餌をやる人びとは非難の視線で見られ、あるいは露骨に注意されるようになり、いたたまれなくなったのだろう。そう、「一朝ことあらば」こんなにもみごとに「一致団結」できてしまう国民性なのだ。

確かに年に数羽、渡りをしない個体が出てくるが、それが彼らの肥満と関係あるのか、ずっと見てきたが、よくわからない。たまたまだったのかもしれないが、私が見ていた居残りカモは、渡っていったカモたちと比べて目立って太っているようには思えなかった。渡りをしなくなったカモについては、むしろ、もっと他の要因が絡んでいるような気がしていた。もちろん、行き過ぎた餌やりが、カモたちの健康にも良くないのはわかる。

だが現在、鳥の渡りの目的地や経過地であった湿地は埋め立てられ、山は削られ、湖沼は干上がっていく。それは皆人間の経済活動の結果である。鳥や獣に限らず、すべての動物が凄まじい勢いで絶滅に向かっているというのはよくいわれることだ。私自身、若い頃に経験した、あの五月の朝の降るような鳥の囀りのシャワーを、近年味わったことがない。英国の田舎でさえ。声は聞こえる。だがあのシャワーではない。

もう待ったなしの速度で、鳥の数（だけでない、その餌になるところの昆虫すら）は激減している。人類が彼らの生活の場所を取り上げてしまったから。こんな環境にしておいて、自力で餌を探せということが、鳥にとって本当にフェアなことなのだろうか。渡り鳥に餌を与えるな、という人びとも同じようにこの事態を憂えているに違いない。鳥が自力で餌を調達できれば、それが本来の彼らの姿で、そうあるべきなのはわかっているが、この環境の激変では極めて難しいのではないか。もちろん、肥満にさせるほど鳥に餌を与えるのもおかしい。規制はしつつ、どうしてもそれを破る人を、片目をつぶって見逃す、そういう社会が案外最善のバランスを保っていくものなのかもしれない。

3

ゴジュウカラにパンを食べてもらってから、私の行動は少し変化した。翌日山を下り、ホームセンターで鳥用の穀物や種子が混ざった餌と、牛脂と、牛脂にすでに穀物が練りこんである牛脂ボールを買ってきた。庭に落ちている枝のなかで、比較的小枝がいっぱい付いているものを拾ってきて、牛脂をあちこちの枝先に突き刺していく。花咲か爺さんの気分だ。それをベランダの手すりの柱にくくりつける。穀物は皿に入れて、手すりに置く。

真っ先にやってきたゴジュウカラは、皿の内容が昨日と違うので、一瞬頭にきたのか皿の真ん中に座り込んで、子どもがバシャバシャと水跳ねをするように両翼を激しくバタバタさせて、中身を辺りに撒き散らし、去っていった。が、私が隣に以前と同じカントリーブレッドのトレーを置いているのに気づいてからはそれをしなくなった。しなくなったばかりか、他のカラ類が穀物皿の方ばかりを好むので、弱気になったのか、そちらの皿からも食べるようになった。ゴジュウカラは牛脂には興味を示さず、コガラやシジュウカラ、エナガなども、突然生えてきたその枝に、時折興味を示して突っついたりするものの、結局は皆、穀物のほうに行くのだった。冬場ならもっと、牛脂も人気があったのだろうか。

その数日前、窓から見えるなかでは比較的遠くに生えているウラジロモミの、地上からかなり高いところにある枝に、ハシブトガラスが長いこと止まっているのに気づいた。執拗に木の幹をつついている。そして、長い時間をかけて、何かを食べ続けていた。不穏な時間が流れた。途中で、何かが落下した。雛？と不安に思い、その後で落下地点まで行ってみたが、藪になっていて、結局わからずじまいだった。最後に丸く白いものを抱えていったから、繁殖には少し早いのではとは思ったが、やはり何かの巣を攻撃していたのだろう。そのハシブトガラスに、悪太郎と名付けた（悪は、文字通りの「悪」ばかりでなく、パワーを持っている、という意味）。

牛脂を出してからというもの、この悪太郎が、やたらに領空内（？）を通過するのである。離れたところに止まって、こちらの様子をうかがっているのがわかる。明らかに牛脂と、牛脂ボールを狙っていた。この辺り、私も自分の内部で葛藤があるところだった。カラスだって野鳥だ。かわいい小鳥ばかりえこひいきするのは違うんじゃないか、という正論派と、だって小鳥のために買ってきたんだもの、という「私情を大切にしよう」派が、激しく戦い、結局なんとなく時々ベランダに立って（ちょっと強そうに腕など組んだりして）、悪太郎を追い払う、ということもやっ（てしまっ）た。

しかし、ずっと牛脂の番ばかりしているわけにはいかない。池のほうへ散歩に出たとき、小川の水を飲んでいる悪太郎と目が合った。「あ」「あ」と、お互いに思ったのがわかった。悪太郎はまっしぐらに小屋の方へ飛んでいき、私はやられたと思った。大急ぎで帰ったが、案の定、牛脂ボールも牛脂も、影も形もなかった。

4

幹道から外れた八ケ岳の麓、すれ違う車もほとんどない山のなかを、逢魔が刻、車を走らせていた。すると目の前を二羽の黒っぽい鳥が、もつれ合うように前方右上から左下、道路脇の藪のなかへ（さらにその向こうには川が流れている）墜落するように入った。車を止めて、よく見ようとしたが、見えなかった。黒っぽいなかに、赤い部分がちらりと目に入った。黒っぽい鳥——キビタキではない。それよりは大きい。クロツグミ？　黄色い嘴を、黄昏の光で赤と間違えた？　あとはバンしか思いつかなかった。けれど水辺の鳥であるバンが、そんなところを飛んでいるとは思えなかった。渡りの途中？　見てはならないものを見たような気がして、しばらく心が波立った。人に見せない野生の姿を、望む気持ちが、あれはバンだったと思いたがっているのだろうか。

東京の家の庭に、キジバトが巣を作ったことがある。硝子戸のすぐ外の木の枝に止まり、家の中を覗き込んでは血走った目で（キジバトの目はもともと赤いが、この時の迫力からそう感じたのだ）私を睨みつける。害をなす人間かどうか、見極めているようでもあり、自分のほうが強いことを確認しているようでもあった。結果に満足したようで、キジバトは夫婦で庭を我が物顔で歩き回り、巣材となる小枝を拾い集め始めた。それからがまたいろいろあったのだが、省略する。要はキジバトは今、ことほど左様に人に近づいてきたということだ。公園にもときどきやってくるが、足で蹴ってしまうのではないかと心配するくらい近くに寄ってくる。

だがキジバトはヤマバトという別名が語るように、もともと都会では珍しい鳥であった。鳥類学者の樋口先生から、昔は十数メートルも近づけば飛んで逃げるほど、用心深い鳥であったともお聞きしたことがある。半世紀ほど前の都心の野鳥観察記録には、秋口に「キジバト、初認」の書き込みがあるものが多い。その当時、キジバトは冬鳥であり、見かけることも珍しい、漂鳥であったのだ。

先日、八ケ岳の山の庭、テラスから十メートルほど先の木の枝に痩せたキジバトが一羽止まり、カラ類が食べている食事箱を見つめているのに気づいた。最初は、都会の鳥が現れたような印象で（ついにヒヨドリが、というような）、正直にいえば少しだけ、「気落ち」したのだが、彼女は（長年のキジバトとの付き合いから、雌だと断定した）そのとき、それ以上近づかなかった。翌日、ずいぶん近くの枝まで来て、テラスを見下ろしていたが、決して私と目を合わそうとはしなかった。用心深い彼女の振る舞いは、まったく野鳥そのものだった。都会のキジバトのようにてらてらと脂が乗っているということもない、質素な羽衣。彼女は八ケ岳で生まれ、八ケ岳で育ったのだ、きっと。冬の間はやはり、里のほうへ降りるのだろう。だとしたらそれは、昔ながらの、ゆかしいキジバトの生活ではないだろうか。山家で人目にも触れさせず、大切に育てられた姫君を見るような思い。

5

七十代の敬愛する友人たちから、幼い頃キジバトはヤマバトで、姿を見るなんてとんでもないこと、山の奥から微かに鳴き声が聞こえるだけでうれしかった、という思い出を相次いで聞いた。東京都心の住宅地で、長年野鳥を観察している方が、「昭和三十四年に初めて庭に飛来、それから同三十七年には、都会のどこでも見られるようになった」、と記録しておられたことも耳にした。昭和三十四年から三十七年の間に、キジバトに何が起こったのか。昔は人目を嫌い、山奥でかろうじて声だけ聞けたような鳥が、それから半世紀経つと、人を脅すように睨みつけながら、その面前で巣作りするようになったわけである。

昭和三十四年は私の生年で、幼い頃ハトといって思い出すのは、「ポッポッポ、ハトポッポ」ではじまる童謡である。「豆が欲しいか、そらやるぞ」と続く。この童謡自体は戦前から存在していたようだが、戦後ようやく人びとの間にゆとりができて、ハトに餌をやる余裕も出てきた時期だったのかもしれない。私の幼稚園のときの先生のあだ名はハトポッポ先生といった。もしかしたらあの歌で、ハトを見れば餌をやりたくなる衝動が人びとに刷り込まれたのだろうか。今のようにハト害（寺院や観光施設が糞などで汚され、衛生的にも病原菌媒介の懸念が取りざたされるようになった）が問題になる以前のことである。英国のトラファルガー広場では以前、ハトの餌も売っていて、その結果、餌を持った観光客へヒッチコックの映画を連想するようにハトが集まり、人が見えなくなるほどであったが、餌やりが禁止され、さらに鷹匠がタカを放ち、広場の真ん中でハトを襲うようになってから、ハトの数は激減した。さすがに発想が狩猟の盛んな国である。今では普通に歩けるようになった。

山に餌がなくなる冬場だけ、出稼ぎのように里に降りてきていたキジバトは、昭和三十四年前後から、里や町の人びとの変化に気づいた。山にいては猟銃を持った人間に狙われる危険があるが、町に降りればそれもない。ないばかりか餌ももらえるとわかったら、もう山に帰る気はしなくなるだろう。山の鳥であった習性が崩れるのは、数年もあれば足りた。野生はそこにあるものを利用して生きていく。それが人工物であろうが、人間の気まぐれであろうが。

八ケ岳の山奥で昔ながらに夏を過ごすキジバトは、遠くから食事箱を見つめ、都会のキジバトとは顔つきも風情も違う、別の鳥のようである。失ったものと得たもの。なにかとんでもない事態を人間が引き起こし、その余波を受けて町のキジバトが絶滅の危機に瀕するときが来たら、山に残ったこのキジバトたちの遺伝子が、種の次世代をつくっていくのだろう。

リスのこと

1

梅雨入り前。新緑の伸びやかさに翳(かげ)りが見えてきた。八ケ岳の山小屋の辺りは深い緑陰に包まれ、エゾハルゼミの鳴く声が周囲の静寂を穿(うが)っていた。

夕方だったが、着くとすぐ鳥用の食事箱をテラスの欄干に置いた。もう、初めて置いたときのような緊張感はなく、しばらくするとコガラたちがやってきて、順番に箱の中をつついては去っていく。まるで列を作っているかのように、数羽が定位置に止まり、一羽食べ終わるとすぐに次の一羽が箱に入り、それまでその一羽がいた場所に、次の次の一羽が入る。コガラはこのようにマナーをわきまえ、一口二口つついては、すぐに飛び去って次に譲り、自分だけで独り占めしようとはしない。ゴジュウカラは牛脂ボールに若干固執するが、それでも次のゴジュウカラが来たら場所を譲る。シジユウカラはコガラのルールを無視して食事箱に割り込む。それでもそれほど長居はせず、ちょっと待てば出ていくのでコガラは文句もいわずに待っている。

翌日もそういう鳥たちの様子をぼんやり眺めていたら、大きなキバシリのようなものが丈高いウラジロモミの幹を這っているのが見えた。ツルツルツルッと上から下まで高速回転のフィルムのように昇ったり降りたり、途中、枝先の細い細いところまで行っては、空中ブランコのように次のカラマツに飛び移り、そしてまた上へ昇ったり下へ降りたり、それからまたムササビのように次の木に飛び移り……。この運動能力の高さ！　あっけにとられて見ていると、やがて小屋の向こうの木に移り、視界から消えていった。リスだった。ついにリスが現れたのだ。それがこの日の午前中、十時半頃。今思うとこのとき、小鳥たちの食事箱を偵察に来ていたのだ。遠目で、しっかりと観察していたのだろう。

リスがいるのなら、と台所から殻を割っていないクルミ（硬すぎて今まで割れなかった）を持ってきて、うきうきと食事箱の横に並べる。やっとこれの出番が来たのだ。そして四時間後、なにやら灰褐色のものが、仕事をしている私の目の端で動いた。窓の外、山庭の地面を歩いて（四本足で）やってくるリスの背中だ。テラスの柱につかまったかと思うと、ためらいがちに昇ってきて、だがネズミ返しのように行く手を阻む横木にぶつかり、裏へ回っていなくなった、と、次の瞬間、リスは欄干の上にいた。そして牛脂ボールに手を伸ばし、ちょっと匂いを嗅いだかと思うと、クルミに鼻を近づけ、くんくん嗅ぎ、両手を伸ばして抱え込んだ。この小屋の辺りにクルミの木はない。両手でくるくる回すうちに、テラスの床に落っことし、慌てて抱えようとしてまた転がしてしまい、もつれるようにテラスからリスもクルミもいなくなった。この日はそれでおしまいだった。リスはクルミをとても器用に食べると聞いているのに、このリスはどうもそういうタイプではないようだった。うまく食べられなかったのに違いないと確信しているのは、なくなったクルミはこの一個だけで、リスはその後クルミには手を出さなかったからである。翌日、リスはかわいいだけではないということがわかった。

2

翌日の同じ時間帯、またしてもリスが現れた。しかしもう、クルミには見向きもしない。そして、昨日手をつけなかった食事箱の中のヒマワリの種を夢中で食べ始めた。両手で種を持って食べるところがかわいらしい。うっとりと見ていたら、あっという間に一時間が過ぎた。その間コガラはもちろん、シジュウカラでさえ現れない。遠巻きにこの様子を見ているのに違いない。牛脂ボールの方は構わないだろうと判断してか、ゴジュウカラが牛脂ボールに近づいた途端、リスからものすごい剣幕で追い払われた。ゴジュウカラは転びそうになりながらアタフタと飛んでいく。追い払った後、「けしからんやつだ」といわんばかりに辺りを見回していたが、気が静まったのか、リスは持ち場に戻り、再び無心に食べ続けた。ヒエ、アワを両手で探りつつヒマワリの種を取り出す仕草がまたかわいらしい。私がお茶を淹れようとポットをテーブルに置くと、その音に驚き、タタタタッとテラスの床を走って建物の陰に入った。だがそこは、台所の窓から丸見えの場所だった。テラス側の窓からは死角になっているので安心しているのだろう、リスは両手を拳のように握り、胸のところに置いて、大きく息をしていた。まるで動悸を鎮めようとしているかのようだった。それから首を左右に傾げ、調子を整えた後、そうっとテラスの方を覗いた。大丈夫と判断したようだった。リスはもう一度欄干によじ登り、食事箱に入り込んで、食事に専念し始めた。食べ始めてから二時間が経っていた。ヒマワリの種は小鳥に人気なので、私はたっぷり入れておいたのだった。そのうち仕事の電話がかかり、私は会話をしながら窓の外を眺めた。テラスの下にいつの間にかシカが現れ、カラマツにアカゲラが来たのを、心のなかでおうおうと目を丸くして見ていたが、会話相手はそのことを知らない。シカがのんびりと草を食み、アカゲラが時折うつくしい羽を広げ、その下の欄干ではリスが何もかも忘れてヒマワリの種を食べている図を密かに楽しんだ。会話のほうも数十分続き、気づいたらリスはいなかった。

テラスに出て、食事箱の中を見て納得した。ヒマワリの種はすべて殻が割られている。食べ尽くしたのだ。そして、クルミにはまったく手がつけられていなかった。私はリスがクルミを食べないことが残念だった。前回も書いたが、それはことさらに硬いクルミで、専用のクルミ割り鋏でも歯が立たず、余っていたものだった。リスなら、と思ったのに。専門職だからといってできないものはできない、ということか。それともリスがクルミをうまく食べるのは、本能というより学習の力が大きく、このリスは、親兄弟からそれを学ばなかった、ということだろうか。だとしたら、親兄弟も知らなかったのだろう。誰も悪くはない。

もう夕方で暗くなりかけていたが、コガラとシジュウカラはそっと帰ってきて、嵐の過ぎ去った現場の後片付けをするように飛び散ったヒエ、アワなどをついばんだ。ヒマワリの種の大好きなゴジュウカラは帰ってこなかった。

3

今は日本全国そうらしいが、八ケ岳もまた、シカが多い。シカは私の山庭に入ってくると、こちらを気にしながら草を食む。そこに食べられると困る高山植物があるときは、窓を開ける。すると、すぐに白いお尻をチラチラ見せながら跳び去っていく。健啖(けんたん)家だが、（まだ）臆病なのだ。先日、その後ろ姿を見ながらシカの暮らしをしみじみ考えた。以前、奈良で雨に降られたとき、店の軒先にシカがぎっしりと雨宿りしているところを見たが、こんな山奥なら、木の下か、岩の窪み（どこかは知らないが）でそれをやるのだろうか。そこにあるものを利用するのが野生なら、人間の建造物だって利用するだろう。シカたちのために作ったのではないが、そしてシカ害に苦しんでいる方々からは怒られるかもしれないが、新しく作った小屋の軒下も、利用してくれたら、やはり、ちょっと嬉しい。が、もちろん、わざわざ彼ら用の屋根を作るつもりはないし、一線は画すつもりだ。

翌日の午前中、私は山を下りることにしていた。天気予報では関東全域、甲信越も夜にかけて酷い雨になりそうで、午前中に出発した方がいいと判断したのだった。一度、夜中の高速道路でゲリラ豪雨に遭い、数メートル先の視界もおぼつかなくなったことがあった。ああいうことはもう、こりごりだった。

朝、起きると霧が出ていた。ダケカンバやカラマツの間を、霧がゆっくりと流れている。雨は降ってはいたが、まだまだ小雨で、けれど晴れていたら出そうと思っていた鳥の食事箱を出す気にまではなれなかった。箱の中が水浸しになるのが嫌なのだ。穀類が湿気(しけ)るのも。それまでも、雨模様になったらすぐに家の中に取り込んでいたので、鳥たちもわかってくれるだろうと思った。欄干にゴジュウカラやコガラがやって来ては、ないことを確認するように止まり、こちらをちらりと見て、飛び去った。欄干に食事箱がないのは遠くからでも見えているのだから、これは私に対する催促なのかもしれなかった。

雨が少し強くなってきた。リスが来た。欄干の端から端まで走り、ちょっと止まって伸び上がり、それからテラスの床を走り回った。走りながら、何周目かごとにテラスの硝子戸に近づいてくる。動きがゆっくりとなり、本格的に硝子戸に近づいてきた。私は隣の部屋の窓からそれを見ている。硝子戸に向かって手を伸ばしかけ、引っ込める。少し俯(うつむ)く。まだ若い。もしかしたら親離れしたばかりかもしれない。なんとか自分の思いを伝えたいのだが、どう話しかけていいかわからない子どものようだった。

再びのろのろと動き出し、また全速力で駆けずり回ったかと思うと、一旦は消えた。私は考える間もなくすぐに台所に行き、袋からヒマワリの種を一摑みして硝子戸を開け、雨のテラスに出、直に欄干の上に置いた。後ろ手で硝子戸を閉め、山を下りる準備に取り掛かった。チラチラと窓の外に視線を送る。しばらくすると、まっすぐにリスが欄干に戻ってきて、夢中で種を食べ始めた。濡れそぼりながら。

食事箱に屋根を、つけるべきだろうか。

4

雨が止まない。日が差さない。いつも行く東京都内の公園を散歩していると、ここにこんなにアジサイがあったのかと思うほど、いろんな種類のアジサイが満開で——ある株は小山のように大きく——急に現れたようでびっくりする。そしてたっぷり降った翌日は、昨日までなかった（はずの）キノコたちが朽ちかけた木の幹や切り株や地面に現れ、おお、と思う。高い湿度のなかで鮮やかな茶褐色や、クリーム色——まるでビアトリクス・ポターの描きそうなキノコだ。

『ピーターラビットのおはなし』で有名なポターは、絵本作家になる前は、本気で菌類学者を目指すほどのキノコ好きでナチュラリスト、またそれだけの研究実績もあった。だが当時女性蔑視の学会アカデミズムにどうしても受け入れられず、プロの研究者としての道を諦めざるをえなかった。もともと中流階級の子女で、夏になれば家族で湖水地方へ避暑に行くことを年中行事にしており、そこで近辺の森のキノコを観察、デッサンするのが常だった（その絵がアーミット・ミュージアム・ギャラリー・ライブラリーに残っている）。ダーウェント湖は彼女の一家が行く湖のなかでは北のほうだった。湖畔の屋敷を借り、ここでの日々をもとにして、ポターは『りすのナトキンのおはなし』という絵本を書いたのだった。

以前、このダーウェント湖畔の屋敷と森へ、取材に行ったことがある。絵本に出てくる風景が、今でもダーウェント湖畔で見られ、感激した。湖の沖合に小島があり、ポターはそこに住むおばあさんから、「木の実のなる頃には、リスたちが湖を渡ってこの小島へやってくる」と聞き、それがこのリスの話を書くきっかけになった。その気持ちはよくわかる。どのようにして？　ワクワクしながらそう思ったのだろう。彼女は友人の子どもに、「筏（いかだ）でも仕立てるのかしらね」と手紙を書く。そのなかで話は膨らんでいったのだ。

ポターというと、可愛らしい童話を書く作家と思われがちだ。けれどけっこうハードな内容のものが多く、この童話も、主人公のリスのナトキンは仲間と木の実を取りに島へ行くのだが、皆が敬意を払う島の主のようなフクロウの爺さんに対して、嘲ったり揶揄したりを執拗に繰り返す、困ったやつなのである。耐えていた爺さんもしまいには怒って、ナトキンの尻尾を咥えて吊るし、皮を剝ごうとする。そのとき、暴れたナトキンの尻尾が取れてしまう。ナトキンはそのまま逃げ出すことができたが、それからも反省するどころか相変わらずの行状……で、おしまい。当時のものとしては珍しく教訓的でなく、ナトキンの仲間のリスが、爺さんへの手土産として持参するモグラやネズミの死体や昆虫、ハチミツといったフクロウの食事内容、それにリスの尻尾がけっこう簡単に取れ、そして二度と生えてこないということは、ポターのナチュラリストとしての観察力によるものだろう。彼女の印象では、リスというものは、尻尾を取られようが、皮を剝がれそうになろうが、そのいたずら好きの性根は決して変わらない、ということなのだろう。

植物と仲良くなり、ときどき食べる

1

八ケ岳に新しくできた「離れ」（水場はお金がかかるので省いた。つまり、トイレも風呂もキッチンもない、十畳ほどの小屋。但し暖炉付き）をアネックスと呼び、2LDKほどの母屋を本館と呼んでいる——元気のあるときは。ふだんはさすがに気恥ずかしくて、「あっち」と「こっち」で済ませることも多い。

その本館とアネックスの間に、ナナカマドの木が飄々（ひょうひょう）と立っている。アネックスギリギリに位置しているので工事の邪魔とみなされ、本当は切られてもおかしくなかったのだ。実際、基礎のための深い穴が掘られたときなど、そのまいっしょに落ち込んでしまうのではないかと思うほど近接していた。だが、工事を担当してくれたT住建さんの温情で、ナナカマドは養生してもらいながら生きながらえた。さすがにアネックスの予定地に被っていた枝は切られ、心細げなので、そばを通るたび、頑張れと心で祈っている。

ブルース・チャトウィンの『黒ヶ丘の上で』のなかで、ふたごの主人公の母親が結婚して間もない頃、彼らの住む農村では見慣れない料理ばかり食卓に並べる描写があった。並んでいる料理名に、「ナナカマドの実のソースを添えたマトン」というのがあり、え？　と思った。ナナカマドは苦い。あんなものを誰が食べるというのか。しかも生の実には毒性もある。もし本当にそういう「ソース」が存在するとしても、若くして亡くなったチャトウィンがそれほどマニアックなソースを知っているとは思えなかったのだ。これは絶対、エルダーベリー（ニワトコの実）の間違いだろうと思った。同じように生垣に生えるエルダーベリーを使うのだって、十分野趣があり、気が利いている。

けれど調べてみるとそれは、やはりナナカマドの実のソースの可能性が高かった。いや、作家本人がそう書いているのだから、そうだったのだ。欧米のナナカマドは日本のものほど苦くはないが、それでも「こんなものを誰が食べる？」という程度には苦く、熱湯をかけるなどの下処理をして、まず単独ではなく、リンゴといっしょに調理する（ジャム、コンポート……ｅｔｃ）。甘味と苦味が半々、という記述もあり

——さもあろうと思うが——ということは、小説に出てくる癖のあるマトンなら、相性がよかったに違いない。自分の狭い経験のなかで決めつけてはいけないと反省した。

冬空に映えるナナカマドの赤い実は、鳥たちの大好物だ。なぜ、鳥は毒のある実を食べても大丈夫なのか。じつは生では毒性のある実も、冬になり凍結と解凍を繰り返すうちに解毒されてしまうものらしい。だから、雪の降る頃を見計らい、鳥たちは熟したナナカマドに群がるのだ。若い頃は付き合うのが苦手だった「毒のある」ひとも、苦悩や悲嘆を繰り返し味わううち、いつか毒の部分が抜け、味のあるひととして付き合えるようになる、ということだろうか。それはどっちが、ということはなく、きっとお互い様で、お互いの経年による変化が、相性の変化を引き起こす、ということだろう、この場合。何にしても、思い込みはいけない。

2

七月も中旬に入ると、八ケ岳の緑はいよいよ鬱蒼(うっそう)としてきて、その上、垂れ込めた雲から強弱をつけ、止むことなく雨が降り続いているものだから、空気まですっかり緑に染まったかのよう。まさに滴る緑。ここしばらく太陽の光を見ていない。車のなかに入れて持ってきたナスタチウムの鉢も、日光を浴びることができずに花は萎み元気がない。

所用で山を下り、戻ろうとして見上げれば、山全体が霧だか雲だかわからない煙幕のようなものに覆われ、いったい八ケ岳というものが、本当に実在しているものか、一瞬おぼつかなくなりそうなほどだ。太古の昔からそこに在り続け、これ以上確かなものはないほど確かなものなのに。あの夢幻のなかを分け入り、戻っていくのだと思うと、ぞっとするようなうっとりするような、身が引き締まるような心細いような、不思議な気分になる。本当にあのなかへ入っていってだいじょうぶなのだ。そうに決まっている。けれど本当に？　これからますます歳をとって、こんな風にだいじょうぶだと思い込んで突き進み、とんでもない事態を招くことがあるのではないか。ふっとそういう一抹の不安が脳裏をかすめる。でもまだ、この判断は、だいじょうぶのはず。

煙幕の内側へ入ってみれば、幸い、思ったほどの濃霧ではなく、なんとか小屋まで辿り着いた。濃い霧が川の流れのように窓の外の木々の間を流れていく。室内で本を読みながら、時折窓の外に目をやる。テラスの鳥用食事箱は今、うんと窓硝子に近づけて、軒下に置いてある。雨を避けるためだ（土砂降りでなければこれでしのげる）。

人懐こいコガラたちも、この移動には最初「これは罠?」と、戸惑ったようで、欄干の上から首を傾げて迷っていたが、何度目かにはもう、そこで食べるようになった。霧は流れているが、雨は小休止の様子だったので、テラスに出て、食事箱を欄干の上に戻す。そしてまた、室内に戻って本を読む。ふと、テラスで何かが動いたのを、視界の端でキャッチした。見れば長くしなやかな胴はイタチのような、けれどそれとは違う、まるで闇から抜け出てきたような黒い顔に、ところどころ黄色っぽく、ふさふさの尾の先は亜麻色に輝くよう——夏毛のホンドテンだ。それがヒマワリの種の入った皿に鼻先を寄せている。霧の向こうの世界から滲み出た影のようだ。息を呑む。黒曜石のような瞳がこちらをじっと見ている。そして来たときと同じようにどこへともなく去っていった。夜行性だと聞いているのに、真っ昼間から出てきたのは、やはりこの長雨と日照時間の少なさで、餌に困っているせいだろう。ヒマワリの種を選んだのは賢明だ。動物も、何かやはり、陽の光の代わりになるものが必要だ。窓際に置いていた、鉢植えのナスタチウムの葉を数枚採って台所へ行く。冷蔵庫から、チーズとハムとパンを出す。葉は、サンドイッチに挟めばケッパーのようなピリッとした風味。これは自分のための、太陽の代わりとして。植物は、陽の力を溜め込んだものだから。

3

アフリカのセネガルへ行かれた方が、お土産に、かの地で採れた蜂蜜（百花蜜）をくださった。口にすると、今まで食べたどの蜂蜜とも違う。例えようがないが、強いていえば「炸裂するパワー」のようなものを感じ、思わず目を丸くした。それは、「違うコンテキストで営まれている生命」の味だった。セネガルには行ったことがなかったが、何か土地のエッセンスのようなものが激しく自己を主張してきているように思った。「土地を知る」のにこういう道もあるのだと思った。

百花蜜がその土地の本質を語るとしたら、単花蜜はその花自体の素性を現しているのかもしれない。ちょうど盛岡の藤原養蜂場の、様々な花から採られた蜂蜜に驚いていたところだった。いかにもその花らしい蜜もあれば、思いもよらない、けれど、その花だといわれればどこかで納得してしまう、そういう蜜もあった。まったく意外だったのは、ヤブガラシの蜜である。ヤブガラシはそれこそ、藪でさえ覆い尽くして枯らしてしまう、獰猛な蔓(つる)植物だ。うっかり庭の管理を怠れば、知らぬ間にどこからともなく生えてきて、蔓先をゆらゆらさせながら巻きつく先を探している、郊外ではそういう光景をよく見かける。関西にいた頃、この植物は実をつけていた（今住んでいる関東の方では、染色体数の違いでヤブガラシは実をつけない。けれど最近、実をつける勢力が北上しているとも聞いた）。いかにもアントシアンたっぷりに見える実なので、試しに食べてみたことがあるが、激しく後悔した。況や蜜などまったく期待していなかったので、恐る恐る口にしたところ、これはまた思いもかけない味で、目を丸くすることになった。軽やかでフルーティーで華やか、上品ですらある。セネガル百花蜜を口にしたときとは正反対の驚き。これがあの、野蛮なヤブガラシの蜜だというのだろうか。なんというか、ふさわしくない。けれどそういえば、と、ヤブガラシの花を思い出した。

　ヤブガラシの花は目立たず地味だけれど、楚々として繊細な風情といい、淡い色遣いといい、見れば見るほど惹きつけられ、この花を愛した泉鏡花は、「スヾメの蠟燭」とも形容した（彼はヤブガラシの名は用いず、「ごんごんごま」と作品中で呼んでいた。これをヤブガラシのことだと突き止めたのは、植物学者の塚谷裕一氏。『漱石の白くない白百合』ほか参照）。一つ一つ、小さな花の真ん中に珊瑚色の花盤があって、その中央に白っぽい花柱が小さなロウソクのように立っている。これをさらにミニチュアの燭台のように見せているのは、花盤に溜まった蜜である。溶けたロウソクの蠟のようなのだ。スズメの燭台にも小さすぎる。いうなれば「アリの燭台」である……さすがにアリには少し、大きいかもしれない。それこそ、「ハチの燭台」が大きさの点では似合いである。「荒くれ」にしか見えないヤブガラシの外見に惑わされず、差別偏見も持たず、ただ、勤めに忠実なハチは、一つ一つの燭台の手入れをするように、蜜を集めて回っていたのだった。

4

八ケ岳の近くに山菜を置く店があって、この春に行ったら、「オオバラ」と記されたいかにも山菜然としたものがあった。コシアブラやタラノメなどはよく見るが、オオバラというのは聞いたことがなかった。買って帰り、早速その夜、下拵えした。展葉する前の、締まった芽のギリギリまで鋭く大きな棘が付いている。包丁でできるだけそぎ落とすのだが、完璧にはとても無理だった。お浸しにするのは残った棘に不安がある。揚げれば大丈夫だろうと、天ぷらにしてみたらおいしかった。しかしなんだかモサモサして、葉のカサが尋常でなく大きいのである。そして、よく知っている植物のような気がする。オオバラとは何だろう。展葉しかけた芽を開いてみると、ヤツデのような形だ。しかしヤツデであるわけがない。ヤツデは人との付き合いが長く、フレンドリーで棘がない。食べられるものならとっくに知っているはず。調べに調べて、それがハリギリの方言名であることを突き止めた。

ハリギリ。北海道の秋、どこの森を歩いても、ハリギリの大きな葉がガサガサと音を立て、足元で舞った。特に、道に迷ってしまって、どんどん暗くなるのになかなか帰り道が見つけられないときの心細さと焦り、そういう状況を象徴する音として今でも耳の底に残っている。ナイフで深く刻み付けたような幹、枝先の鋭い棘、そしてその葉の薄いヤツデのような形と大きさ。ハリギリは遠い北国の、見慣れぬ風景のなかに在る木だった。

自分が食べたものが、ハリギリであったことに感慨を覚えた。北海道に多いとはいえ、日本全土に自生して、そこで方言名を持つほどに目立つ木ではあったのだ。けれどオオバラ、とはどこから来ているのだろう。大きな葉だから大葉、大葉等？　そういうことをいっていたら、ある方が、有刺鉄線のことをバラ線っていうけど、と教えてくださった。ハリギリの棘って大きいものね、と。大きな棘のことを、オオバラと呼んだのだろうか。そもそもバラとは、薔薇？　連想が続く。薔薇はもともと、古語の「いばら（茨）」から来ているはず。自生する薔薇のことをノイバラ、野ばらとも呼ぶ。古語辞典を引くと、棘のある低木類の総称、という意味の次に、ストレートに棘、と出てきた。薔薇という名が示しているのは、そのうつくしさではなく、棘の存在のことなのだろうか。では「薔薇のようなひと」という使い方はどうなのだろう。いやいや茨から「い」が消えてバラ、さらに薔薇（そうび）になった瞬間、うつくしさの方が重視されるようになったのだろう。

食する、という行為は不思議だ。山菜なども、わざわざ採りに行かなくてもひとは生きていける。それでも季節になれば、山の潜みに湧き出るように生えてくるキノコを、草を、木の芽を（ときに命がけで）探しに行く。山のエッセンスを取り込むことが、体と精神に、どうしても必要不可欠な人びとがいるのだろう。シカたちが、山奥に岩塩を求めに行くように。棘のように、心に残るものだからこそ。

5

以前、紀州の森を歩いていて、そこの管理人の方に、生えていたヤブニッケイをひと枝採っていただいたことがある。ヤブニッケイは昔見た記憶があった。ニッケイほどには香りは強くないけれど、ということだったが、十分にいい匂いだったので、持ち帰り、乾かして、ローレル（月桂樹の葉）の代わりに料理に使ったことがある。ヤブニッケイの葉は、少し波打つようだが、ニッケイの葉は比較的まっすぐである。ヤブニッケイと違い、ニッケイはもともと日本には自生しなかった。

南九州に「けせんだんご」という菓子がある。享保年間に日本に入ってきたニッケイは、気候的に合っていたのか沖縄や鹿児島に自生するようになり、「けせん」と呼ばれ（たぶん、古代に生薬などに使われた桂心（けいしん）の転訛（てんか）だと思う）、腐敗防止と風味付けを兼ねて、だんごにあしらわれるようになったのだ。昔、母と山を歩いていて、これは「けせんの木」と教えてもらったことを思い出した。そのときは、母はどうやってこの木を他の木と見分けるのか不思議だった。南九州は照葉樹林帯で、同じようなクスノキ科の木々が多いのだ。クスノキは樟脳（しょうのう）、クロモジは茶事に、シロダモも匂う木で、ヤマコウバシに至っては文字通り匂い立つショウガのような匂い、春の照葉樹林はむせかえる香りで充満する。母は人にものを教えることが苦手なひとだったので、訊いても「出会ったときにわかるものなのよ」と苦し紛れにいっていた。ケセンはいわゆる、「ニッキ」の香り。そのとき母は、ヤブニッケイを、あれは違う、とまがいもの扱いして私に小さな疑問を抱かせたのだった。

その後、母にニッケイの葉を送ってもらったことがあった。それを炊飯器に入れ、ご飯を炊いた。炊き上がって蓋を開けたときの香り！　バターを一かけ、塩コショウも混ぜて、シナモンライスのようなものをつくった。サフランの代わりに、乾燥したベニバナを煮出して色水を作って炊こうかと思ったが、ベニバナにはベニバナの風味があるのでやめにした。やっていたら、サフランよりも濃い鮮やかな黄色になったことだろう。そのときいっしょにつくったハマグリのお吸い物に木の芽を散らした覚えがあるから、それは春のことだったのだろう。木の芽、すなわちサンショウの仲間にもまた、ヤブニッケイのようにイヌザンショウというものがあって、母は山歩きのとき、これもまたまがいもののように嫌った。イヌ、という名前のつけ方がおかしいのだと思う。イヌザンショウはレモンバームのような香りで、サンショウの仲間がミカン科だということを鮮烈に思い出させてくれる。外国の人はサンショウの香りは好まないが、きっとイヌザンショウは好きだろう。そのうちエスニックな料理に使いたいと思っている。

　グローバリズムが政治家や大企業の関与する巨大な潮の流れだとすると、それに抗う術を持たない民衆は否が応でも影響を受けずにはいられない。けれどその潮流に伴う軽やかな風の流れもあるはずで、外つ国の文化を楽しみながら、ひととき自分を幸せにしていこうと思う。

6

夏も盛りになって、コーンメイズの季節を迎えた。コーンメイズとは、（映画「フィールド・オブ・ドリームス」に出てくるような、背の高い）飼料用トウモロコシの畑に迷路をつくって楽しむアメリカの風習だが、最近日本でも、あちこちの農場で行われているのを見聞きする。青い空と白い雲、いつまでも終わらない緑のトウモロコシの壁。夏休みの光と影。

トウモロコシはもともとアメリカ大陸の原産で、コロンブスがヨーロッパへ持ち帰り、やがて世界的に広まることになった、というのは知識として頭のなかにあったものの、ウガンダへ行った折、毎回主食として食べたウガリ（トウモロコシなどの穀粉から作る餅状の主食）の印象から、まるで原始からアフリカ大陸とともに在るような気がしてきて、自分のなかでもその辺りが曖昧になっていた。

先日読んだ『大英帝国は大食らい』（リジー・コリンガム著）のなかで、この間の事情が詳（つまび）らかにされ、あっけにとられた。タイトルどおり、帝国主義が食ということに関して独自のグローバリズムを貪欲に展開してきた、壮大な経緯のあれこれが微に入り細に入り書かれている本で、一冊全体の情報量がとてつもなく凄まじい。「紅茶」の歴史、就中英国の貧困層に入り込み、食事の代わりになっていった過程も興味深いが、とりあえずは「トウモロコシ」に焦点を当てよう。西アフリカで初めてトウモロコシが記録に登場するのは一五三四年。奴隷貿易の盛んな時代、奴隷輸送船に積み込む食料として、また増え続ける奴隷を養う食料として、大量に用いたのが最初らしい。栽培もしやすかった（キャッサバも同じ経緯でアフリカに入る）。「現在、トウモロコシはアフリカ文化にあまりにも浸透しているため、村人たちはそれがずっと昔からアフリカの大地にあった原産の『伝統的』作物だと思っているほどだ」（同書）。この本の訳者、幼少期を東アフリカのケニアで過ごされた松本裕さんも、当時から現地のもののように食べていたウガリが比較的最近持ち込まれたものだと知って驚いたと、あとがきに書かれている。トウモロコシだけではない。「現地の食事」を地球規模でシャッフルするような「グローバリズムへの潮流」は、その土地の伝統的な「食」を変え、ときに消滅させ、人間の体格さえ変えていく。飢餓を救いもしたが、そのツケは大きい。泥沼から抜け出せなくなるような食生活へと陥ることにもなる（トウモロコシは、特別な処理なしにそれだけを食べ続けるには栄養に偏りがあった）。

人間の欲望を源流として始まっただろう、大河のような「大食らい」が地球を食い尽くす。絶望したくもなるが、これが人間の営みの末なのだ。奴隷としてアメリカ大陸へ渡った人びとも、工夫を重ねて食に楽しみを見つけようとし、そのメニューのなかには白人の食事に影響を与えたものもあった。この場所から、動ける限り最善と、本能が選ぶ方角へ、私たちはそれぞれ歩いていく。その「最善」の選択肢に、「これ以上動かないこと」も、もちろんあるだろう。コーンメイズのゴールへと向かう、猛暑の夏。

時間が止まり

1

窓の外、カラマツとサラサドウダンの枝が重なっている辺りで、バサバサと何かが動く音がし、甲高い声が一瞬聞こえた。カケスでも騒いでいるのだろうか。片付けの手を止めて外を見たが、変わった様子は見えなかった。それからしばらくして、ふと視線を動かしたとき、何か普通でないものが視界に入った気がし、え?と、思わず視線を戻し、「普通でないもの」をもう一度まじまじと見つめた。リスの彫刻?と一瞬思った。微動だにせず、どこか遠くを一心に見つめているような様子のリスの形をしたものがあったのだ。しかし誰があんなところに。少し見上げるような位置の枝、といっても、建物は斜面に建っているので、地面から六、七メートルはあるだろう、その枝の上に上半身だけ乗せるような形で。一体あれはなんなのだろう。たまたま山小屋に来ていた家人を呼び、あれはなんだと思う?と指差すと、リスが死んでいるところに違いない、と応える。そのまま硬直してしまったのだろうと。弁慶の立ち往生ではあるまいし。ぬいぐるみ? 誰かが彫りつけた? ますますわからなくて、ベランダに出る。もうこの時点で、生きているリスだったら大騒ぎで逃げていくだろう。しかし動かない。「どうした?」声をかけてみるが、じっと一点を見つめたままだ。外国の領主屋敷の壁にかかっているシカの頭部のようだ。ベランダの窓を開け閉めしたり(音を立てることが目的で)していると、そのうちにほっぺたがモグモグと動き出した。あ、生きてる! けれど何故? まるで金縛りにあった人がかろうじて体の一部を動かしているという風に、ほっぺだけがモグモグ動いている。もしかして、なにかを口に入れている最中に、この硬直が始まったのだろうか。少しずつ、氷柱が融けるように動き始め、見えなかった尻尾や後ろ肢なども前に出てきて、やがて何かをきっかけにして、枝伝いに木々を駆けて去って行った。

いったい何が起こっていたのか。実はこれは、齧歯目にはときどきある行動だという。リスがフリーズするところを見たことがあるひとは結構いた。なかには木々の間を高速で走り回っていたかと思えば、突然逆さになった状態で木の幹に張り付いたまま動かなくなったリスを見たひともいた。あまりに長い間動かないので、自分の目がおかしくなったのかと思いもしたという。人間には絶対についていけないような速さで運動する彼らの脳内は、凄まじい情報処理に明け暮れているのだろう。まるでネジで巻いたゼンマイのようにひとしきり活動した後は、再びネジを巻く時間が必要になるのではないか。よくわからないが、生きものは結局、そのような仕組みになっているのかもしれない。

私自身、それぞれ繊細に進行中の様々な状況（幾つかの仕事であったり、老いた両親の体調であったり、家の厄介ごとであったり自分の病であったり）を聖徳太子的に同時にこなした後、八ケ岳に来ると、しばらく動けなくなることがある。時間が止まる。リスが見ていたら、何をやっているのか、と訝るだろう。

2

八月の半ば頃、山小屋のテラスの下を何気なく見下ろすと、シモツケらしいシックなピンクの花が見えた。どれどれと降りていくと、シモツケソウ（草）とシモツケ（低木）が、一メートルくらいの距離を置いて咲いていた。ほぼ、並んで咲いているといっていいだろう。花の形や色はとてもよく似ているのだが、別の種類だ。なぜこんなに近くで咲いているのだろう。シモツケは公園の植え込みなどでよく見かける、小さな花が集合して一つのピンクの花に見える低木だが、これは野生のもの。

シモツケグループの近くに、同じようなピンクの、けれどもっと薄い藤色のような穂の形の花があり、当然のごとく、ホザキシモツケだろうと思ったが――そもそも、シモツケとシモツケソウがごく近くに咲いているということだけでもありがたい偶然なのに、その上、ホザキシモツケが咲いているというような奇跡を、なぜ厚かましく考えついたのか――葉の形がどうも違う。ショウマの仲間？　調べていくと、どうもチダケサシ（乳茸(チチタケ)という茸(きのこ)を茎に刺しておいたところから）らしい。

すぐそばにはキバナノヤマオダマキが数株、それぞれ長い茎の先に、薄いクリーム色の瀟洒な花をつけ、軽やかな造形美を見せて咲いていた。花のないキバナノヤマオダマキの株も、敷地内に点々としており、そして、よく似た葉をつけた株が、もっと多数、あちこちから生えてきている。実はこれはヤマトリカブト。キバナノヤマオダマキの葉よりも、若干切れ込みが鋭く深い。ヤマトリカブトたちは秋の本番に向けて、まだまだ固い蕾をたくさんつけていたが、なかには気の早い一株がいて、蕾を濃い紫に染め、今にも咲き出そうとしていた。猛毒と思えば不気味だが、存在感のあるうつくしい色だ。古来附子(ぶし)と呼ばれ、漢方で薬としても用いられてきた。どっちの方面にも「著効」があるということだろう。昔、トリカブトの毒を使った殺人事件があった。いつの話だったか……。それにしてもこんなにトリカブトがあっても、それこそ宝のもちぐされというものだ。持って帰って、ご近所におすそ分け、というわけにもいかない。人間には猛毒でも、昆虫にはそうでもないらしく、蜂たちは今はキバナノヤマオダマキの花の中に潜り込んでご満悦だが、おそらくトリカブトの方にも、分け隔てなく蜜を吸いに行くだろう。少し不穏な心持ちのまま、部屋のなかに入る。読みかけの本を開こうとしていると、開け放した窓から黒いアゲハが入ってきて、カーテンに止まった。妖しくメタリックな黒い青。あれ？　カラスアゲハだと思っていたが、この青の妖しいかがやきには見覚えがある。しかも尾状突起がない。まさかこれは、南九州で見慣れたナガサキアゲハではないか、と思いつき、よく見ようと近づいた途端、ひらりとまた、外へ羽ばたいていった。テラスに出て後ろ姿を追ったが、もう昔懐かしいナガサキアゲハはどこにもいない。いったい、いつの時間からやってきたのか。今はいつの時代の晩夏なのか。呆然と見下ろしている目の前を、白っぽいアサギマダラが、優雅に横切っていく。

3

串田孫一氏の『博物誌I』を読んでいたら、クリスマスローズが欲しいのだがまったく見つけられない、というようなことが書いてあった。彼がそれを書いたのは、一九五五年の春から一九五七年の秋までのいつか(ご本人もはっきりしないという)。なぜ欲しいかというと、ギリシャの哲人たちが「大論文を書いたり、厄介な論敵とわたり合ったりする時、(略)それをどういう風にするのか、多分煎じてでも飲むと、頭がはっきりする。(略)私は自分の精神活動ががらりと変るような草花を、庭にずらりと植えておいて、思う存分賢くなったり、また必要に応じて愚かになったりすることが出来たら……とそんな夢を見ている」(同書)からであるらしい。今のクリスマスローズにそんな効能があるかどうかはわからないが、そうか、クリスマスローズは西欧のどこかの国のもので、身の回りにはどこにもないという、当時はそういう花風景であったのだろうなあ、と、季節になれば鉢植えのクリスマスローズがどこでも入手できる今の時代との差異を思った。確かに私の小さい頃も見たことがなかった。

私は一九九四年、ある短篇でクリスマスローズが普通の家庭の庭に咲いている描写をしているから、その頃までにはクリスマスローズは巷に出ていて、そして、まだ、今ほどよく見るものにはなっていなかった。いつその存在を知ったかは覚えていないが、何でこんなに好きなのだろうと自分でも訝るほど好きだった記憶はある。だが、庭に植えるとまではいかなかった。引っ越しが多く庭を持っていなかったせいかもしれない（その後入手した）。その頃他になかったようなシックな色合いで、うつ伏せに咲く、茶花のような風情。ほとんど憧れていたといっていいだろう。当時クリスマスローズを庭に植えているというひとは、飛び抜けてセンスの良い方々だった。作家の神沢利子さんもそうだった。もう二十五年も前のことだ。お宅を訪れたとき、お茶のテーブルにクリスマスローズが溢れんばかり、花瓶に挿してあった。その朝、お庭に咲いていたクリスマスローズを惜しげもなく切ってくださったのだという。「あなたが好きだろうと思って」。神沢さんはその短篇を読んでくださっていたのだ。遠い日の、午後の話。

　今、クリスマスローズは珍しいものではなくなったが、それはつまり、それを好む方々が増えてきたということだろう。花は時の流れなど関係なく、ただいつも自分を咲いているだけだから。

　その時代の空気を彷彿させる花々がある。最近、友人に付き添い、築六十年ほど経つ平屋の空家を見に行き、帰り途で、その家の縁側と板塀の間、物干し台の置いてある土の庭に植える草花を夢見た。ホウセンカ、グラジオラス、マツバボタン、アマリリス……。子どもの頃はまったく魅力を感じなかったのに、今はなぜか無性に懐かしい花々。時代の気配を纏った花々。地方の道を車で走っていて、路肩にカンナの花が咲いていたりすると、思わず目を奪われる。花そのものというより、その花のあった風景が甦り、一瞬時間が止まるのだろう。

第四章　いのちの火を絶やさぬように

滲み出る本質

1

茸の季節がやってきた。

四、五年前のことである。月山の近くの池の周りを歩いていたとき、朽ち木にナラタケと思しき茸が群生しているのを見つけた。八〇パーセント、ナラタケだと思ったが、（猛毒の）コレラタケかも知れない。決め手となるカサの縁の条線も、あるといえばある、ないといえばない、カサの中央の黒色も、あるものもあればないものもある。茸採りにきたわけではなかったので、その日は考え込んだまま帰ったが、その後あるお宅でナラタケをいただく機会があり、コレラタケと間違うことはないのか、どうしたら自信を持ってこれがナラタケ、といえるようになるのか、訊いた。「確かに図鑑に書いてある特徴だけで見分けるのは難しいですね。写真も一面的な情報しか与えないし。強いていえば、丸ごと覚える訓練、でしょうか。信頼のできる人にいっしょについて行ってもらって、出会う経験を積むしかない。（毒性のある）ツキヨタケがツキヨタケとわかるようになるためには、何度もムキタケやシイタケが生えているところも見なければ」

話を聞いているうちに、鳥の囀りのことと似通っていると思った。カッコウやホトトギスなど、わかりやすい囀りであれば、絶対に間違うはずはないのだが、例えばヒガラなどは、いろいろなバリエーションで囀るので、私は戸惑うことが多い。けれど鳥類学者の樋口先生は、どんなにヒガラが好き勝手に囀ろうが、あれはヒガラです、といい当ててしまわれる。その鳥の本質のようなものが、声そのものにあって、ワルツになろうがマーチになろうが、曲が変わっても歌い手はいっしょ、という……。

茸もきっとそうなのだろう。偶発的にちょっとくらいその種のスタンダードと違った形になろうが、本人をよく知っている家族や友達が見れば本人とわかるように、知っている人が見れば、わかるのだろう。本質というのはきっと、表面の移ろいやすい皮の下に、厳然と剝き出しで在る、疑いようもないものなのだ。じっと見つめていれば、「私は〇〇茸（たけ）だよ」といってくれるのだろう。

とはいいつつ、私程度では、よく知っていると思うものさえ不安が残ることがある。

なかには肝の据わったひとがいて、これを食べたら必ず死ぬ、という茸だけよく覚えていて、もちろんそれには近づかない。それ以外、これと信じた茸をどんどん継ぎ足し、多種からなる茸鍋をつくっている。えもいわれぬ美味なのだそうだ。闇鍋だ、といって口にしないひとも多いが、それを食べて具合が悪くなった、という話はまだ聞いたことがないので、もしかしてつくっている彼女は、綿密な調査と、高い経験値のもと、外れのない選択をし続けてきたのかも知れない。だとしたら、茸と出会う、一回一回が勝負だ。本質を見極め、悲惨な結果が待つ可能性を読む。けれど素人（しろうと）は、なんとなく直感であるとか、本能のいうことを過信しがちになる。雰囲気やその場の勢いで選択する危険性たるや、恐ろしい。失敗したら一生が台無し。結婚と似ている。「見合いの席」というのは、そういう玄人（くろうと）の眼力と助けを借り、「見極める」場であったのかも知れない。

2

山小屋のテラスに粟粒やひまわりの種を置くと、ひっきりなしにカラ類がやってくる。特にコガラとゴジュウカラ。ゴジュウカラの方が一回り大きいので、ゴジュウカラが食事しているときは、コガラは後ろで待っている。ゴジュウカラ同士、コガラ同士でも、気の強さ、体格の違い、相性などで、勝った負けたがある。そして、だんだんに個性がわかってくる。ある、ひときわ小さくて敏捷なコガラは、私がテラスに出ても逃げることをしない。その気になれば手乗り文鳥のように、私の手から種を食べるのは確実のように思われたが、そういうことがしたいわけではないので、そばで首を傾げていても、こちらとしてはリアクションはしないようにしていた（心のなかでは大感激）。けれどあるとき、私が室内で仕事をしていると、そのコガラが両足を揃えて硝子戸へ突き出しながらホバリング、これを何度も繰り返す。最初はぶつかりそうになって軌道修正しているのかなと思っていたが、何度も何度も繰り返しているので、さすがに何か、こちらにいいたいことがあるのかと気づき、ようやく仕事の手を休め、考えてみた。硝子戸を挟んで室内に置いてあるベンチに、予備の食事箱が置いてある。以前この食事箱から啄んだときのことを覚えていて、なかに入れろといっているのではないか。試みに窓を開けてみた。入ってきた。あれ？と思っているのがわかる。一線を越えた。いつもより動きが鈍い。初めての経験で、こういう場合の手順が定まっていないのだ。彼は思う。もっと室内のあれこれ、見ていくべきなのか、それともこの空の食事箱の上に止（とど）まって、催促の効果を確かめるべきなのか。そしてすぐに飛び立っていった。時間にして数秒ほどのことだったが、長い間に思えた。私は予備の食事箱を、外から見えない場所に移した。仲良くなりたいわけではない。相手は野生なのだから。

いつもは欄干に置いてある（現役の）食事箱だが、雨模様になると軒下に置いた小テーブルの上に移す。硝子戸を通し、居間から彼らの様子がよく見える。ということは、彼らからもこちらの様子が見えるということで、当初その状況に慣れず、警戒していた彼らも、今では雨降りになるとよほどの本降りでない限り、遠慮会釈なくやってくる。たいていは、さっとやってきて、啄み、発（た）っていく。そして次のがやってきて、ということの繰り返しなのだが、ふと、じっと動かないゴジュウカラがいることに気づいた。横顔をこちらにじっと寄せている（つまり、片目で見ている）。一分、二分、三分……次のコガラが後ろでバタバタしている。動かないゴジュウカラはこちらの世界を見て何を考えているのか。人間の生活について学習しようとしているのか。この個体は、多くいるゴジュウカラのなかでも、すぐわかる。家族が山小屋に来たときも「あれ、変なゴジュウカラがいる。こっちをずっと見ている」。

私は密かに彼をタレス（ギリシャ最古の哲学者で、世界の起源について初めて説明を試みたとされる）と呼んでいる。野生のものに名をつけることはするまいと、思っていたのに。

3

八ケ岳にいる間、車はいつも道路から敷地へ入ってすぐのところに停めていた。舗装のない剝き出しの地面。すぐそばにカラマツの木が多くある場所だ。暴風雨の吹き荒れた翌日、車があまりにひどい泥はねの状況になっていたので、東京へ帰る途中、ガソリンスタンドで給油するついでに洗車も頼んだ（余程のことがない限り、ふだん洗車はやらない）。すると、洗車係の方が、車のあちこちに松脂が付いていて、どうしても取れない、無理に取ろうとすると車体がダメージを受けるので、ホームセンターに行って専用の薬剤を買い、それでやってみてくれという。松脂！　なぜ？　停めておいたところの近くに松みたいな木がありませんでしたか。カラマツなら！　ああ、それですね……。私の声のトーンが少し高かったので、興味があると思われたのだろう、洗車係は詳しくホームセンターで売っている液体の説明をしてくれたが、たぶん、私が買いに行くことはないだろう。

私が目を輝かせていたのは、暴風雨の夜、木々が泣き叫ぶようにして葉っぱを散らし、松脂を振り絞っている図を想像していたからだ。標高が高いので、暴風が吹くと、怖くなるほど木々はしなる。気の毒に、嵐が来るとわかっていても、木には逃げようがない。受けて立つしかしようがない。しっかりと根を張り、なりふり構わず生きることを全うするしか。幼い頃習っていたヴァイオリンの、弓の手入れに松脂を使っていた、あの清冽(せいれつ)な匂いが好きだった。その頃、親に海岸の松林のなかでのキャンプに連れていってもらったことがあった。朝、同じ匂いが多少粘っこく空気に混じっているのを感じた。ああ、これが「マツ」なんだと思った。カラマツの脂とはまた、別種であるだろうけれど、脂というものが、マツの仲間の本質のようなものだということはわかる。脂やらフィトンチッドやら、木々は生きている間中、それを発散せずにはいられない。それが生きることとの真髄、いや、そこに在ったこととの本質は、生死に関係ないものなのかも知れない。

山小屋の母屋の、内装の壁は、前の持ち主、Kさんの設計の一環で、カラマツ材である。建ってからもう三十年も過ぎ、うつくしい飴色になっている。未だにマチ針の頭ほどの大きさの水滴のようなものが出てきている箇所もある。きっと、それも松脂なのだろう。壁は呟く。私は、カラマツなのです、忘れないで。

装身具として、宝石と同じような扱いをされる琥珀は、そういう天然樹脂が気の遠くなるような年月をかけ、化石になったものである。亡くなった後も、生きたことのエッセンスのようなものが、悠久の時間の存在をささやき、今を生きる命の背中をそっと支えていく、そういう生き方。

関西にいた頃、仕事場に使っていた家は百年ほど経った古民家で、拙著『家守綺譚』を育んだ家だった。あるとき障子が閉まりにくくなり、大工さんに来てもらった。帰りがけ、大工さんはポツンと、「この家、生きてますよ」といった。え？と問い直すと、「かんな掛けすると、まだ、ヒノキの匂いがたつんです」。

木のように生きたい。

4

北海道の北西部を、一週間ほどあちこちと廻った。廻ったなかに、その気になれば歩いて半日で一周できるほどの島があった。山もなく、平たい島だが、中央部には、原生林が残っており、強風や積雪で独特の樹形になった、イチイなどの古木が生い茂っている。驚いたのは、ある場所で、花期を過ぎて緑の実をつけたオオウバユリが、幾重にも行列を作るように立っていたことだ。

関東以南で見るのは、まったく同じ姿で少しミニチュア化――といっても、六十センチから一メートルはある――したウバユリだ。これもまた、小暗い林のなかに屹立して、見つけるとギョッとするような、だが会えて嬉しいような、複雑な感慨を抱かせる植物だ。ユリといってもヤマユリのように華やかというわけでも、テッポウユリのように清らかというわけでもない。いわゆるユリという花の持つ楚々としたイメージとはかけ離れた、不気味といってはいい過ぎであろうけれど、妖しいというのとも違う、凄みというのが一番近いような、そんな花だ。満開のときでも見えない圧力を受けてひしゃげたような花には、オオカミの口のように長い切れ込みが入り、本気で口を開けたらさぞ恐ろしかろう、と思わされる。オオウバユリは、順調にいくと二メートル近くまで大きくなる、東北地方から北部に生育するそのウバユリの変種で、存在感たるや、出会うと思わずお辞儀をしてしまいそうになるほどだ。茎も幹と呼びたいほど木に近い。

この島で見つけたそれは、北海道に咲いているのだから、オオウバユリのはず。なのにまるでウバユリのように細く、高さも一メートルほどしかない。島の他の植物と同じように、独特の気候が影響しているのだろうか。それにしてもこれほど群生しているところは、ウバユリでもオオウバユリでも他に見たことがなかった。暗い林内でこれらがすべて花をつけたところを想像すると、まるで異世界のようだ。しかし確実にそういうときがあり、だから今、こうして緑の実をつけているのだ。これから晩秋になり冬を迎え、立ち枯れて、乾いた実を開いて種を飛ばす。ウバユリで一番好きなのが、この立ち枯れた姿である。蒼然として、厳しさと清（すが）しさを感じさせる。あの生々しい花の頃とはまるで違う印象になるのだ。しかしこれこそが、ウバユリという植物の本質なのだと思わされる。

すべてが変化のただ中にあったのだった。植物も動物も、変化は留まることはない。時が止まることがないように。人の肉体の、筋肉も、骨も、肌も、植物がそうであるように変化していく。そして目には見えないが、「気持ち」――何かに取り組もうとする意欲や、興味や、情熱のようなもの――も。

消えていく一瞬前、立ち枯れるウバユリは、清々しく、ようやく自分の本質に到達できた、と思うだろうか。人生の最後にそういう一瞬が待っているとしたら、この「変化のすべて」はまた、自分という存在から余計なものを削ぎ落とし、本質へ導かれるための「過程（プロセス）」になる。それは同時に、存在がその望むところの本質へと到達するための、静かな闘いの連続でもある。

5

東京に来てからもう十年以上、ずっと同じ美容院に通っている。その前は兵庫県の芦屋にいて、駅に直結した老舗の、地域に溶け込んだ美容院に通っていた。立ち働いている美容師は何人もいたが、オーナーのベテラン美容師は七、八十代かと思われた。私の担当は彼女のお嬢さんだったが、私は彼女の常連のお客との——これも年配の——穏やかな会話を耳にするのが好きだった。長い年月の間にお客の家族構成やその家族一人一人の事情まで熟知して、客が漏らす家庭に起こった小さな事件——縁組や受験、小さな諍(いさか)いや仲直り、等々——を、心から喜んだり悲しんだり慰めたり、決して声を荒立てず、悲観的なことは一切いわず、上品な京阪神の言葉でうららかな春の陽を浴びせるように返す。客の体調を常に気遣って、ハーブの香りや足のマッサージやいろいろな工夫を試みておられたが、来る客の精神状態をニュートラルにして帰す、という効果が、そのオーナーの声音にはあったように思う。お嬢さんもそういう方だった。私は東京へ引っ越すことになって、繋がりが切れるのが悲しく、お嬢さんの紹介してくれた今の東京の美容院に通うことになったのだった。

この春に背骨を骨折して、長いこと髪を切りに行けずにいた。髪を洗うときの仰向けの姿勢が取れないからだ。骨密度は平均値だったので安心していたのだが、不運なアクシデントが重なった結果で、それからは行動がだいぶ制限され、今まで知らなかった経験をずいぶんいろいろ重ねたことだ。背骨というものは、あらゆる体の動きに反応していたのだと、改めて知った。つまり、何をするにもいちいち痛い。

久しぶりに行ってみると、数年前からそこで働くようになった若いスタッフのSさんが髪を洗ってくれた。そして軽く肩から頭へ、マッサージをしてくれたのだが、私はそのとき、目を閉じながら、これも数年前までそこで働いていたNさんの手を思い出していた。Nさんは体格が良く、いわゆる按摩手(あんまで)というのだろうか、包み込むように温かい、そして力強い揉み方をしてくれていた。Sさんは正反対の華奢な体格なのに、マッサージの間中、もうそこにはいなくなったNさんが彷彿として仕方がなかった。それで、すごく良かった、ずっとNさんのことを思い出していた、というと、驚いた顔の後、嬉しそうな笑顔で、「実は、数日前も、別のお客さんにまったく同じことをいわれたんです」。「え、本当?」私も驚いた。私はそのお客の顔も素性も知らない。その感覚、温かく凝りが解かれていくような感覚は、どこまでも個人的なものだと思っていたけれど、マッサージを受けて目を閉じながら、同じ感覚を想起し、見たこともない客同士が、この店にかつていた、一人のスタッフのことを思い出している……。

ひとが同じ美容院や理容室へずっと通うのは、技術だけではない何かがあるのに違いない。何年経とうが私が芦屋のことを忘れないように、ひととひととの繋がりの本質は、会ったとか話したとかいう視覚や聴覚に関わることのさらに奥深くにあって、それが感覚のちょっとした糸口からいつまでも滲み出てくるものなのだろう。

滞りが生まれてしまう

1

南九州の生まれなので、台風のことは割合によく知っているつもりだった。幼い頃、台風が来るとわかった時点でろうそくや懐中電灯を準備し、いよいよ数時間後、ともなると父親は長靴を履いて、町内会の見廻りか何かで出て行き、母親はおむすびをいくつも握って非常時に備えていた、そういう思い出がある。昔はまだ、周囲の家々も今ほど堅牢にできていなかった。だがすでに小学校の高学年の頃からはまったくそんなこと――台風が来るからといっておむすびを握るなどということ――があった覚えはない。私が生まれたのは伊勢湾台風の年である。だから、その傷跡もまだ癒えず、日本全土にリアルな記憶のある時代の、最後のおぼろげな思い出なのだろう。

今から二十数年前、私がこの仕事を始めてしばらくした頃、講演の仕事で知り合った、名古屋出身の方の話が忘れられない。私は講演を引き受けるのはまだ数回目で、何をどうして話していいのか、よくわからない時期（未だにそうだが）だった。とても感じのいい方で、講演が終わった後、食事をご馳走してくださりながら、ご自分の若かった頃の体験を話された。

伊勢湾台風の頃、僕はちょうど十八才でした。伊勢湾台風は、死者・行方不明者合わせて五千九十八人を出した、とてつもない台風でした。僕は高校の三年生で、台風襲来直後、消防団の手伝いに駆り出されました。僕の家は父がいなかったので、男手として、まあ、一家を代表していったようなものです。そういう経験も、ほとんど初めてだった。高潮で民家は押し流され、海抜の低い、海に近い地域は壊滅状態でした。川が氾濫して水ぶくれした遺体がいくつも浮いている、そういう状況のなか、食うや食わずで無我夢中で働きました。人生観が変わるような、衝撃的な体験でした。当時はみんな貧しかったけれど、誰かが助けを求めてきたら知らない人でも自分の家に入れてあげて、励まし合って救助を待っていました。家に帰ったのはそれから四日後。自分がまったく違う人間になったみたいで。帰ったとき、母は初めて僕にビールを出してくれた。一人前の男みたいに。あれが、僕の成人式だったんですね。

それから六十年が経ち、また凄まじい台風が来て、各地で甚大な被害を生じさせながら去っていった、数日後の十月十四日、午後、多摩川河川敷で木の枝に引っかかっている男性の遺体が発見された。顔立ちから河川敷周辺に住んでいたホームレスの男性らしいといわれている。伊勢湾台風のとき、危機的な状況に陥った人びとは迷わず近くの他人の家の戸を叩いた。私は何となく、今の時代、ホームレスの人びとが、民家に助けを求める図を想像しにくい。支援センターが近くにあれば、そこが受け入れるだろう。公共施設では断られた事例もあるそうだけれど、それは職員の人びとの台風の脅威に対する認識が甘かったのか、それとも。

常ならぬ危機に対処するための心構えとそれを乗り切る覚悟、というものを、昔の台風から学ばないといけないときなのかもしれない。自分がまったく違う人間になるのも辞さないほどの覚悟、を。

2

「ってか」で始まる会話に初めて出会ったとき、心のなかで小さく「おお」と思った。どうかすると、「てか」と聞こえるこの言葉が、「Aであるとか Bであるとか様々見解があるけれども、ここはまったく違う次元、もしくは新たな方向性で捉えたほうがいいのではないか」という提案のニュアンスを含んだ、「……というか」の略語であることを、日本語学習初心者のひとは耳に入った瞬間即座に理解するだろうか、絶対戸惑うことだろう、という、老婆心まで湧き起こったものである。「てか」は、滞っている状況を打破しようとする果敢な心意気を表明する間投詞なのだった。しかしその「滞っている状況」というのは、突然「てか」と話しかけられた対話相手には共有されていないことが多い。「てか」は使う本人の無意識の滞りのなかから、不意に湧いてきた現状打破のサインでもある。

滞るとろくなことはない。特に思考や、体内を循環するものや、行き場を失った水の流れ、などは。ずっとそう思っていた。

雨の多い日本列島には、毛細血管のように細くて入り組んだ河川が張り巡らされていて、それらはやがて動脈のような大河に吸収されていく。日本列島の文字通り命脈であった。毛細血管が健やかであればあるほど、生体恒常性は堅固に保たれ、ちょっとやそっとの外的な変化には動じにくくなる。日本列島の毛細血管たる中小河川は、一時期よりは清らかな流れが戻ったところもあるものの、手入れもされず保水力をなくした山林からは水の供給が途絶え、街を流れていた小川は徹底的に暗渠（あんきょ）にされたりと、暴虐の限りを尽くされている（といっても決して過言ではない）。水路を作ればいいんだろうといわんばかりにコンクリートで固められた地下水路をあてがわれても、水というものは地域の土壌と密に連絡を取りながら流れていくものなのだ。唱歌「春の小川」の歌詞のように、「岸のスミレやレンゲの花」にやさしくうつくしく咲けよと、「エビやメダカや小ブナの群れ（ああ！）」に、今日も一日、日なたで泳いでよく遊べと、語りかけながら、自身もせせらぎの音を辺りに響かせながら流れていくものなのだ（ちなみにこの歌のモデルとなったといわれる川は東京都渋谷区を流れており、すべて暗渠化されている）。各地で行われつつある、コンクリートで護岸された川岸を、本来のそれに戻そうという試みは、人としての自然な欲求と本能的な危機意識からであると思われる。この異常気象では何をもってしても防ぎきれないこともあるだろうが、山や川さえしっかりしていれば、持ち堪えてくれたはずの地滑りや氾濫もあっただろう。

山歩きをしていると、水の、健やかな「滞り」というものもあることに気づく。そこはビオトープとなり、両生類や爬虫類が棲みつき、希少な動植物の聖地になったりもする。思考の滞りだって、悶々としているうちに、ようやく生み出される「大ヒット」があったりするのだ。滞りも、悪いことばかりではない。

マンホールの蓋を跳ね返すように地下水路から路上にあふれた水は、「ってかー！」

と、現状打破を試みた水の流れであるのに違いない。

3

霧島の山小屋の裏は深い谷になっていて、道もないところを降りていくと、大きな滝がある。山小屋にいるとこの滝の音が、通奏低音のようにいつも聞こえていて、雨の降った後、特に台風の後などは恐ろしいくらいの轟音になるのだった。この山小屋の近くに、促通反復療法で有名な川平和美先生ご夫妻の住まいがある。当時山の麓には、鹿児島大学医学部のリハビリテーションセンターがあり、そこが先生の勤務先だった。昔、先生はこの滝のある渓伝いに麓まで降りて職場へ通ったこともあるそうだ。霧島では珍しいトリカブトの花が、渓沿いに咲いていたのを見た、ともお話しされていた（さすがにそれはお若い頃で、今はもうなさらないだろう）。センターの草創期には、スタッフも不足しがちになり、お一人で一日に五十人以上もの患者の治療にあたり、帰宅するときには疲労困憊、ボロ雑巾のようになっていた、と夫人から聞いたことがある。川平法とも呼ばれる促通反復療法は、そうした厳しいリハビリの現場から生まれた。

先生が若い頃トライされた渓の道は、おそらくセンターまでの最短距離なのだ。麓まで降りるのに、私たちは普段、グルグルと傾斜の緩やかな場所を選んでつけられた自動車の通れる道を使っている。他に選択肢はない。では、突発的な災害で、この慣れ親しんだ道が使えなくなったら？　脳内に起こった「事故」は、この突発的な災害のようなものだ。道を塞ぐ大岩を取り除くくらいで滞りが解消されればいいが、道として壊滅的な損傷を被った場合は新たな最短距離での迂回路が必要になる。通行人に、これが新しい迂回路だと知らせ、意識せずともその道を通るほどに周知せねばならない。そうでなければ大変な時間と労力を払って迷いながら麓への道を探す羽目になる。

センターに見学に行ったとき、先生は何気なく「ちょっと腕を上げてみてくださ い」といわれた。その際、ポンポン、と私の肩のどこかをタッピングされた。すると、腕が、思いもかけない方向に上がっていた。先生が別の箇所をタッピングされると、面白いくらいに自分の予期せぬ方向に上がるのだ。魔法のようだった。このタッピングが、「新しい迂回路」を周知させるサインのようなものだったのだ。あとは地道に反復練習を行い、麻痺から生じる無駄な動きを排除し、新しい回路を強化する。苦労して何度も通所しなくても、一度家族がこの方法を学べば、自宅でもリハビリができる、そういうように指導もされている。すべては患者のＱＯＬ（生活の質）のために。

非常にシンプルでプラクティカルなところが先生らしい。この間、ＮＨＫスペシャルなどで、脳卒中から引き起こされる片麻痺等に驚異的な効果を上げると取り上げられ、広く知られるようになった。医学部を退官された後は、渋谷駅[*]近くにクリニックを開かれ、霧島を離れられるのかと寂しく思ったが、月のうち半分は今も霧島を拠点とされている。渋谷駅周辺の混雑と、棲息密度（？）ではヒトよりシカの方が圧倒的に多い霧島の山の間を日常的に行き来され、新しい回路をつくられているのも先生らしい。

＊二〇二二年四月から、鹿児島市のキラメキテラスヘルスケアホスピタルへ。

4

台風後、久しぶりに八ケ岳の小屋に来てみたら、木々はすっかり葉を落とし、林内は明るく初冬の青空が眩しかった（晩秋というより初冬という方が明るく聞こえる気がする）。麓のカラマツの黄葉の見頃にはぎりぎり間に合ったが、山小屋の辺りでは落葉が進んでいたのだ。庭に出ると、柔らかい針のようなカラマツの落ち葉が、風が吹くたびにシャラシャラと降ってくる。見上げればまだ樹上に黄葉が一部残っていて、そこから明るい音楽が聞こえてくるようだ。それにしてもこの空気の清澄さ。赤茶や濃い黄色、暖色系の落ち葉が明るくなった林床を埋め尽くし、温かみを帯び滋味深く、目に心地よい。その上に日が差しているのだから、なおさら。

ミズナラの木の下は、どんぐりの帽子でいっぱいだ。どんぐり本体は一個もない。リスが食べたのだろうか。それならいいのだが。最近、リスを見ないので心配している。テンにやられたのではないか、それとも時折上空を飛ぶノスリに？　野生のなかで生きるのはリスキーなことだ。

小屋の周りを廻っていると、小石の群れが——礫(れき)と呼ぶのがふさわしいような——流れたとおぼしき跡があった。不思議に思って辿っていくと、小屋の床下（斜面にある小屋なので、高床式のような構造）を通って、上の方から流れてきている。台風の大雨で、ここに特設の沢ができたのに違いない。それならそれで、途中で堰(せ)き止めて変な滞りを生まないように、沢らしく石で川底を作ってしまおうか。地面にそんな癖をつけたらいけないのだろうか。できるだけ建物を浸食しないように流れを誘導しなければならないのだろうか。

このあいだの台風は凄まじい雨台風で、近くを流れている千曲川も荒れに荒れた。千曲川沿い（中流域）に車を走らせると、河川敷の広さに目を引かれる。川は河川敷のごく一部を流れているだけなのに広大な敷地が確保され、上流から運ばれた川石が厚く積もっている。昔から川筋が定まらないので、自然と河川敷も広くなったのだそうだ。高い山々が幾重にも連なる山間を、それぞれの尾根から流れてくる支流を集めて日本海へと向かう千曲川。普段でも川の勢いはけっこう急だが、今回の台風は、その百年単位の「大暴れ」の姿だったのだろう。私の山小屋の下を流れるS川もまた、千曲川の支流の一つである。この特設の沢も、S川に向かって流れていたに違いない。ということはつまりこれは、千曲川のあの「大暴れ」に加勢しようと駆けつけた、その跡であるのだ。それはちょっと待て、と思いとどまらせるために、少しでも「滞り」をつけたほうがいいのか。

そうだ、保水力のある木を育てよう、と思いついた。日陰に生まれ落ちて育ちそうもないミズナラの子どもを、沢ができそうなところの近く——日当たりもいい——に連れてきて、成長を応援する。それがいつか、この辺りの水の「滞り」を生んでくれれば、小なりといえども、治水。まずはシカに食べられない工夫を。

ついでに自分の心にも、ミズナラを一本、育てたい。考えが暴走するのを食い止め、やがて澄んだ水の一滴を生み出すような。

少しずつ、育てる

1

夜も更けて、さあ、これが今夜最後の薪になるな、と思いながらアネックスの暖炉に大きめの薪をくべた。木の皮の部分を上にして熾の上に置くと、やがて全体からシュウシュウと水蒸気様のものが出始めた。戦前、山間部では炭焼き小屋から出る煙が、山のあちこちから立ち上ったもの、と聞いたことがある。見たことのないその風景を思わせた。それはいつまでもいつまでも出つづけ、尽きることがなかったので、私は最後まで見届けるのを諦め、アネックスの戸を閉めた。

朝、暖炉を見ると、昨日一番最後にくべたあの薪が、表面こそ片側が黒く炭化しているとはいえ、外観はほとんどそのままで燃え残っていた。変わった薪だ。薪束は全部広葉樹だと思っていたが、この樹皮の感じは、もしかしてカラマツが入っていたのかもしれない。ここまで黒くなってはそれも定かではないが。その薪を脇に置き、もう一度最初から火熾しを始めた。ちょろちょろと燃え上がり、細めの薪にしっかり食いついて、では中位の太さの薪を、というときに、あの表面が炭化した昨夜の薪を置いた。すると驚いたことに、またこの薪は昨夜と同じように、シュウシュウと水蒸気様のものを出し始めたのだ。まるで終わらない昔語りをつぶやいているかのように。

それでは付き合おうと腹をくくって、その因縁の薪が完全燃焼するように、火挟(ひばさみ)で周りの薪との間に丹念に隙間を作り続け、空気を送ったり、周囲にできた熾を寄せたり離したり、小まめにしているうちに、いつかすべてが炎に包まれてきた。炎の色に、変なガスが出ている様子はなかった。それは最初からそうだった。不思議な薪だ。

床は長野県佐久市郊外の川沿いで採掘された石で、暖炉は大谷石なので気温が下がるときは本当に冷え込むが、火を焚くうちに少しずつ石に蓄熱され、壁に蓄熱され、だんだんに空気がやわらかくなるのがわかる。煙くなったら少し窓を開け、野外の空気が入るとまた気温は下がるが、最初の頃ほど寒くはない。きっと体にも蓄熱されてきているのだろう。ストーブともまた違う、直火の暖かさは不思議だ。じんわりと体の芯に到達する。野外で焚き火をしていた開拓時代のキャラバンの生活も、こんな風だったのではないかと思う。

そうやって仕事場の空気をつくり、ようやく資料などを広げていると、窓の向こうの林のなかにペアのアカゲラがやってくるのが見えた。おお、今頃ペア？と資料などそっちのけで双眼鏡に手を伸ばす。付かず離れずの距離で木をつつくアカゲラは、兄弟なのかもしれないし、友人同士なのかもしれない。足裏に相手のつつく木の振動を感じながら、同じ木をつついているのだろうか。表面からはわからない営みが、生物の存在を満たしていく燃料になる。終わらない昔語りのようだったあの薪のつぶやきも、つぶやきながら暖炉壁面の石を温め、床石を温め、壁を温めて、生体の芯まで温めていった。自分だけで完了する存在というものはない。それなら心がけて少しずつ関わり、気にかけ、時宜を見て世話をする。命の火を、絶やさないように。

2

長野・佐久平の第2パーキングエリアのはずれから山頂に向けて、屋根付きの長いエスカレーターがあり、遠くから見てもそれは目立った。八ケ岳への行き帰り、ずっと気になっていたのだが、先日乗ってみた。山頂にたどり着くと、そこは温泉施設で、長時間のドライブに疲れたトラックの運転手たちの利用が多いようだった（ここで一休みするなんて、すごくいいアイディアだと羨ましかった)。その先になぜか昆虫館があり、ふらふらと誘われるように入っていくと、なんとそこでゲンゴロウに出会えた。田んぼに農薬が使われるようになって、全国的に絶滅かと悲しんでおり、小説にもその危惧を書いたことがあった。しかし佐久は鯉の養殖が盛んなこともあってもともとゲンゴロウの豊富な地域で、食料にもしてきたそうであった。驚いて調べると、ゲンゴロウを食してきた地域は、全国にあった。昔は豊富に獲れたのだろう。イナゴだってそうだ。増えたら食べる、大量発生もそう考えたら大豊作。昔の日本人はそういう風にして自然と付き合ってきたのだろう。それもまた人間中心的な考え方、といわれればそうだけれど、そこにはバランスを取りながら自分自身の欲求(殺戮へ向かうそれも含めて)も抑制する、巧まざる知恵があるように思われる。

今年は本当に虫が少なかった。年々少なくなっているという声があるとはいえ、去年の夏はそれでも八ケ岳の小屋の硝子窓にびっしり付いていた大小の蛾が、今年は圧倒的に少なく、大きめの蛾が一度ふらりとやってきたときは、本来蛾の苦手な私ですらうれしくてしみじみと「よく来たねえ」と声をかけたほどだ。

いつも野菜を送ってくださる農家の伊藤さんが、先日「菜園たより」に、この夏二回も畑の草むらでマムシを見つけた、と書いていらした。この三十年で、五、六回しか出会ったことがないのに、「一年で二匹は、ヤバくないだろうか」と。そして、以前に彼がある新聞のコラムで読んだとして、「害虫」という言葉は、明治以前にはなかった、それまでも、「イナゴ」「カメムシ」「ウンカ」といった虫の大発生に、農民は悩まされてはきたけれど、「害虫」という概念はなかったのだということが引用されており、「近代化の中、異質なものを一括りにし、レッテル貼りをする手法は、都合が良かったのでしょう。そうして、一八九六年に『害虫駆除予防法』が制定され、農民は害虫駆除を強制されることになりました。命令に従わぬ農民は、逮捕、留置されました。ピーク時には全国で六千人も逮捕されたそうです。私はその時の農民の思いをじっくり聞きたかったです。無知で頑固な農民を〝教化〟する、お偉いさんが見失った大切なものへと近づくヒントが、あったはずです」と続けておられた。

　伊藤さんたちの菜園、「野の扉」では、農薬や化学肥料を一切使わず少しずつ野菜を育てている。虫や雑草との格闘は、お聞きするだに凄まじいものがある。それでも、彼らは虫や雑草がこの世からなくなればいい、とは絶対に思っていない。近年社会問題化している「いじめ」に深く関わる害虫、害鳥、害獣という概念は、そもそも日本にはなかった。そのことに、救われる思いがする。

3

自分の作品に言及するのは気がひけるが、先日上梓（じょうし）したばかりの児童書のことでインタビューに来てくださった方が、その本の最初の章タイトル、「ひとりで、きげんよくしていること」を、とても好きだといってくださり、実は私もそうなのです、とこっそり（控えめな声で）打ち明けた。主人公の男の子の性質の一つである、誰の手も時間も取らず、一人だけで満ち足りてきげんよくしていられるというのは、実は最も尊い才能の一つではなかろうかと思っている。

友人のお舅さんというのが、彼女曰く、その方面の才能がまったくない人で、いつも「同居の嫁」である彼女の、ポジティブな働きかけを必要としたひとだったらしい。曰く「わしをきげんよくさせんかい」という彼の要望を日常的に、間断なく感じていたというのである。きげんよく、というのは、生活のちょっとしたことから想起される彼の下した判断——土地の価格が上がったというニュースが流れたら、その昔、大変お得な値段で今の地所を入手した、とか、誰もが見向きもしなかった会社を見込みありと踏んで入社、優秀な会社に育て上げた、とか——が、卓見であった、素晴らしかった、とその都度褒め称えることであり、彼の個性がユニークで他に類を見ないものである、と認めてほしい、ということなのだそうだ。毎日それだったらやっていけないでしょう、と同情すると、最初はこちらの生気まで吸い取られるような気すらしたこともあったけど、持ち上げてあげないと不機嫌になり、元気もなくなる、というのを目の当たりにすると、子どもっぽいというより、もっと切実な、それがないと生きていけないようなものなんだな、とわかるのね。常に持ち上げてもらわないと、生きる意欲まで減退していくようなひとたちがいるのよ。それが彼の、生きるのに必要な栄養素みたいなものなんだ、って気づいてからは、そんなによいしょが苦にならなくなった。この場合、少しずつ育てられていたのは彼女の母性ではなかったか。

私のその児童書の主人公の母親は理想的な人物（？）で、一人できげんよくしている我が子を、褒めてあげるのだが、たいていの場合、子どもが一人できげんよくしているとき、親は落ち着かなくなるものであるらしい。ついちょっかいを出したくなる。きげんよく漫画を読んでいるのが目に入ると、もう宿題はすんだのか、と声をかけたくなり、ぼんやりきげんよく日向ぼっこをしていると、ぼうっとしていないで○○しなさい、と命令したくなる……。子どもが一人で満ち足りているという状況は、親を不安にさせるのだろうか。けれどやがて、その子が老いて老人用の施設に入ったとき、もっとも歓迎されるのはこの「一人できげんよくして」いられる才能である。これは人間の、いや生物の、なんというか存在する上でのたしなみともいえる特技ではないか。「引きこもっている」皆さんは、この才能を鍛錬するのに最も適した状況にあると思う。瞬間瞬間、自分自身を幸せにする、少し、周りを片付けたりして、自分を心地よくさせる。結局人生の究極の目的は、そういうことに尽きると思うのです。

4

仕事にしているわけではないのだが、生来の気質から難民認定申請者の方々に深く関わっている友人がいる。これはその友人から聞いた話。

中東出身者のAさんはセクシュアルマイノリティーなので、同性愛の行為が違法となる本国では命の保証もない毎日。日本に来て難民申請をしているが、就労許可が下りるまでは働くこともままならず、狭い相部屋で耐えていた。

あるとき高熱と喉の痛みに苦しみ、友人にメールを出す。友人は心配して近所のクリニックに連れて行った。するとこれは感染症だと思われるが、ここでの治療は無理だから、英語対応のできる病院へ移るようにいわれ、ある私立の大学病院を紹介された。

それでバスと電車を乗り継いでその病院へ行くも、今の身分の不安定さと治療費が十全に払えない危惧から、痛み止めと点滴だけでも二週間受ければなんとかなるだろうといわれる。その間友人はＲＨＱ（難民事業本部）に連絡し、サポートが受けられないか頼み続けた（ＲＨＱとは、「政府から委託を受け、日本に定住する難民の自立定住支援をおこなっている団体」である。難民申請者に対しても、ある程度の支援をしている）。ＲＨＱは、そういう決まりらしく領収書が出れば検討するというスタンスを崩さなかった。

仕方がないので、有志からお金を工面し、とりあえず、通院して痛み止めと点滴を受けに、一週間通うが症状は悪化するばかり。ただでさえ体が苦しいのに、毎日バスと電車を乗り継いで通うことで体力はどんどん消耗していったのだろう。友人はずっと付き添っていたが、Ａさんは電車の中で涙をぽろぽろ流し始めることもあった。まだ二十歳そこそこで、それまで親元を離れたこともなかったのだ。明け方近く、もう死にそうだというような、悲痛なメールを受け取り、朝一番で共にその病院へ向かうが、処置はやはり痛み止めと点滴だけ。今の経済状況からすると、バス代と電車代だけでも大変だ。

友人は今までの治療費の領収書を持ってＲＨＱへ行くが、これは２００％請求されているから援助できない、といわれたという。

聞いていた私は思わず、「え？　何、２００％って」。「Ａさんには正式な在留資格はあるのに入管がなかなか在留カードを出さないから――なぜかすぐに出さないのよ、八ヶ月近くかかる。その間は保険にも入れないから、自費で払わないといけない」。「それなら１００％でしょ、請求された２００％って数字はどこから出てくるの？」。「公立の病院以外は、自由診療なの」。「でもなぜ」。「外国から医療観光で大勢やってきて、自国の患者が診られなくならないように、かな。３００％請求されたこともある」

医療観光を目的に来た患者かどうかは、一目瞭然ではないか。そこで無料低額制度で対応する病院があることを教えられるが、結局うまくいかず、困り果てた友人は、なんとか伝手（つて）をたどり、対応してくれる病院を見つけた。適切な治療がなされると、あっという間にＡさんの病気は治った。

5

しかし、その最後の病院へ行くのも、連休前だったので、ほぼ三日待たねばならず、

Aさんはその間も苦しみ続けた。目の前に苦しんでいる病人がいて、しかも金に困っていることは歴然としているのに、１００％自費のその倍、２００％も病院側が請求するなんて、この無慈悲を、どう考えればいいのか。適切な薬さえ処方してくれれば、簡単に治るような病気だったのだ。それは医者なら皆わかっていただろう。それをしなかった。お茶を濁すような処置で二週間も通院させ、結果的に病状は悪化した。

認定ＮＰＯ法人「難民支援協会」によると、二〇一六年の各国の難民受け入れ数は、ドイツの26万３６２２人は桁外れにしても、フランスは2万４０００７人、アメリカが2万４３７人、英国が1万３５５４人などで、この年の日本は28人である（一八年が42人で数字の上だけなら増えている）。私たちの国の難民申請者たちに対しての扱いが苛酷であることは誰の目にも明らかで、それはすぐには変えられないかもしれないが、追い打ちをかけるような民間レベルでの治療費２００％請求はどういうことだろう。「おもてなし」は金持ちの外国人に対してだけのものなのか。金にならない相手にはガラリと態度を変えるのだとしたら、日本人の品性が問われる問題である。

難民の問題は簡単なことでは済まないのだという人もいるだろう。しかし苦しんでいる患者を前にして、出せば治るとわかっている薬――どう考えてもさして高額であろうとは思えない――を出さない、とは。

若い頃下宿していた英国の大家は、機会があれば難民を受け入れていた。いろんな国の人びとがいたが、思い出すのは○○人としての彼ら彼女らではなく、個人としての彼ら彼女らである。日々を共に過ごすうち、互いの人間性に対する信頼は——自分の側もまた試されつつ——少しずつ育まれていく。変わった癖を持っているひともいたが、母国での凄まじい体験を聞けば、なんでも許せる気になる——よく生きてここまで来てくれた、と思うのである。私はたまたま難民をつくらずに済んでいる国に生まれたけれど、それは単にラッキーだったからで、そのために努力したわけでも偉かったからでもない。彼らが難民になったのも、不運が重なった結果で、いつ立場が入れ替わってもおかしくなかった。ではラッキーだった者が、不運だった者に手を差し伸べるのは当たり前だ。国が教科として押し上げた「道徳」とは本来そういうことを教える科目ではないのか。外国人にランクをつけて「おもてなし」をする相手と治療費200％を請求する相手に分けるなど、考えるだに恥ずかしい。

異国でほっとするのは隔てのない笑顔に出会ったときだ。誰であろうと人間として接してくれる相手に出会ったとき。Aさんに関していえば、難民認定されるに越したことはないが、次にいいのは、この国でより多くの親身な笑顔に出会ってくれることだ。私たちの社会の成熟も、それによって測られるのではないだろうか。

第五章　遠い山脈(やまなみ)

秘そやかに進んでいくこと

1

父が高齢で誤嚥性肺炎を起こし、当時お世話になっていたグループホームから救急車で地元の総合病院に運ばれた。肺炎だけでなくがんの転移なども抱えていたので、紆余曲折はあったものの、結局在宅介護することにした。誰もいない実家に、まずは私が戻り、訪問看護の方々の手を借りて。本人も自宅に帰りたがっていたし、そうするのが一番いいような気がしたからだ。いつ亡くなってもおかしくない状態、と、この「紆余曲折」の間、医者から何度もいわれていた。

何しろ介護についてはほとんど何も知らない素人だったので、退院の日を目指し、病室で痰の吸引や清拭、口内清拭、褥瘡を作らないための体位の交換など習った。チューブで経鼻栄養をとり、バイパップという名の、ヘッドギアのようなもののついた鼻口マスクで酸素・二酸化炭素のバランスを取る。これを装着すると、常時「スター・ウォーズ」のダース・ベイダーのような呼吸音がした（マスクの中では強風が間断なく吹き付けているようで、回復期に入り自発呼吸をしようとするとかえって苦しかろうと思う）。

こういう状況を、健康な頃の父は嫌った。私も疑問を持っていた。しかし、管に繋がれながらも冗談をいえば笑みを浮かべ、昔の思い出話に頷く姿には、個人としての一貫性があり、それを断ち切る決断は、簡単にできるものではなかった。それでも担当医と相談し、退院時には体から様々な管を外してもらい、必要最低限の点滴だけにしてもらう方針でいくことにした。病院で装着していたタイプのバイパップは、何しろ外へ酸素が漏れないようにしなければならないので、締め付けがすごい。言葉が発せられない父は、懸命に口の辺りを指し、痛みを訴える。苦しいね、と、いって慰めるしかなかった。バイパップの下辺のバンドがちょうど下唇の辺りに当たっていた。バンドの位置は本当にそれでいいのか。けれど看護師は繰り返したためらいなくそこに固定するので、それで正しいのだろうと思ってしまった。あっぷあっぷと口を開き、苦しそうに上顎を上下させている。口の中が乾いてしようがないのだろうと、見ている方もつらく、口の中を湿してくれるように、何度も看護師に頼んだ。二週間ぶりに東京から戻り、バイパップを外すと、以前にはなかった保護シートが貼ってあるのに気づいた。締め付けがきついのでカバーしてくれているのだな、とそのときは思った。顎の辺りのシートに小指の先ほどの白い豆のようなものが付いているのが見え、異様な感じがしたが、看護師たちは皆、何も疑問を持たずに粛々と、丁寧に対処してくれているので、そういうものだろうと思ってしまった。父が口元を指すたび、喉の渇きを訴えているのだと思い、胸が痛んだ。

退院数日前の朝、病室を訪れると副看護師長さんという初めて見る方がいらして、謝らなければならないことがある、とおっしゃる。聞けば、下の歯が、皮膚を突き破り、穴が開いてしまっていた、そのことに昨夜、当直看護師が気づいた、というのだった。

2

下の犬歯がその根元まで皮膚を飛び出して出てきていた、という事実が衝撃的で、なぜそんなことになったのか、説明を求めてもそれこそ歯に衣(きぬ)を着せたような曖昧な言辞ばかりで、何が起きたのかは、こちらで類推していくしかなかった。その日、担当医は留守だったが、翌日電話が来て「お聞き及びかと思いますが、バイパップ装着時に穴が開いてしまって」「ええ」「それで、下の歯を抜く処置をさせていただければと思うのですが……」。ここまで聞いて、少し気が遠くなりつつも「いえ、穴が開く過程で、相当体にダメージがあったはずなので、これ以上負担をかけることはしたくないです」「ああ、なるほどですねえ……。それで、嚥下のリハビリの方はできましたか」。担当医は、私が父の在宅介護時に行いたいと希望していた嚥下機能のリハビリテーションの専門家に会えるよう、慮（おもんぱか）ってくれていたのである。普段父の口腔清拭を担当されていた方であった。「いえ、その方は来られず、代わりの方が清拭をしてくださったのですが、先生、私、本当に不思議なんです。清拭をしていて、気づかないってことがあり得るでしょうか」「ちょっと待ってください……。一昨日の記録を確認します。あ、貫通あり、って書いてありますね」「え？　じゃあ、前からわかっていたことだったんですね。その日の夜、気づいた、っていわれましたが」「いつ確認できていたかということですね……それはわからないです」「わからないって、そんなことあり得るでしょうか」。しばらく間があり、彼女の答えは、「……で、下の歯は抜かないってことですね」。まるで政権を支える官僚たちの国会答弁みたいな問答。思わず爆笑した。自分のなかから、こういう類の笑いが抑えようもなく出てくるという事態に、今まで出会ったことがなかった。あの笑いは、怒りが形を変えたものだったのだろうか。自分の意識では怒りというよりもわかってもらえない悲しさの方が強かった。いやいやそれは後から感情を整理しつつ表層でラベリングすることで、やはり、あれは可笑(おか)しかったのだ。

まったく場違いな、突拍子もない発言が、漫才で人の笑いを誘うように、その発言が出てくる前との懸隔が大きければ大きいほど、焦点を外された聞き手は、持続させてきたある種の緊張の縛りが解け、脱力し、その勢いで笑いが出てくるのだろう。そう、自分でも戸惑うような事実だけれど、私は可笑しくてたまらなくなったのだった。

礼を失したような私の爆笑に、担当医はつられたように笑った。彼女は当惑していたのだろう、たぶん。どうとっていいものかわからずに。しかしこの女性医師は危篤状態の父を生かすよう尽力してくれ、在宅介護したいという私の希望も叶えるべく動いてくれ、つながれている管を減らしたいという思いにも共感してくれていた。すばらしいスタッフ（であった！　本当に）を擁する在宅医療のグループを紹介もしてくれた。基本的には職務に誠実で、彼女なりに患者のウエルフェアを考えてくれていた。

しかし、組織のなかでは、ごく当たり前のようにこういうやり取りをする。

3

翌朝、父の病室に行くと、担当医が微笑みながら入って来、「すみませんでした」と私に向かっていった。昨夜の電話ではなかった言葉だ。父は意思表示はできたが声が出せず耳も若干遠かった。私は「先生が、すみませんでしたって」と彼女の言葉を父に繰り返した。病床にあっても、大抵のことにはにこにこと頷いていた父であったが、この時はしばらく反応がなかった。ややあって、父らしく葛藤を乗り越えたのだろう、重おもしくゆっくり頷いた。その頃、父の両腕からは滲出（しんしゅつ）液が出ていた。生体としてもギリギリのところでなんとか保っている状況だったのだろう。それでも生きる意欲はあり、熱心にリハビリを望んでいた。「若くて健康な人にはゾンビのように見えるかもしれません。けれど、ゾンビではないんです。痛いんです。歯が皮膚を突き破るほど押さえつけられれば、拷問のように痛みを感じるんです」。思わずそういうと、看護師も、医師も黙っていた。意識があるまま自らの歯で顔に穴を開けさせられる——地獄のような痛みだろう。バイパップを装着するたび、断末魔をあげるような、見たこともない苦悶の表情をして、そしてつけている間は諦めたように目を閉じ、話しかけると目を開け、涙を浮かべていた。目元には涙の筋の跡があった。私はそんな弱々しい父を見たことがなく、病気のせいで気弱になっているのだと受け取っていた。父がその痛みを訴えていたのに、気づいてやれなかった自分、自分もまた、その痛みを与えてしまった側の一人なのだった。

初めてこのことが私に知らされたのは、退院三日前の朝、病棟の副看護師長という方から、「謝らないといけないことがある、昨夜看護師が下唇の下に穴が開いているのを見つけた」という言葉によってで（その夜以来、父はバイパップをつけていない）、実際にはそのすぐ後、内科医と名乗る男性が（その夜の当直医だったのだろうか）一人で病室に入ってきて、すみませんでした、とこちらの目を見て微笑みながら謝ったのであった。

もしも私がそれなりの肩書のある中年以上の男性だったら、彼らの態度はまるで違っていただろうと思われた。まず、優しげに微笑んだりはせず、起こっている事態に見合った深刻な表情で謝罪しただろう。名前も名乗らず、所属部署名もいわず、「内科医です」とだけ前置きして「昨夜わかったことですが……」と会話を始めたところからもうそれは現れていた。しかしそのことを取り立てて問題視するつもりはない。彼らも無意識にやっていることで、むしろ、こちらに「目を合わせて話す」というマニュアルを順守し、誠意を示したつもりだったのだろう。謝罪する態度が悪い、などと、クレーマー扱いされそうな微妙な問題（しかしこの類の「微妙」なことこそが、実は起こっていることの本質を語るのではないか）は無視せざるをえなかった。

退院の日は目前だった。いつそれが起こったか、ということよりも何よりも、緊急に必要だったのは、父が自宅に戻ってきたときに必要になるケアの技術を学ぶことだった。私は自分の関心をそこに集中させるべく、最大限の努力をした。

4

退院前日の午後四時半、これから始まる在宅介護でお世話になる予定の訪問介護と訪問看護のスタッフたち、医療機器のメーカーの担当者、それに担当医等を含めてミーティングが行われた。初めに当該患者（父だ）に関する経緯が書かれているだろうと思われるレジュメが、相談員（病院と患者、その家族の間をつなぐ、という役回りらしい）の手で配られた。私以外のメンバーすべてに。「私にもいただけませんか」と相談員に頼むと、「いや、これは医療関係者だけのものですので」と断られた。今の父の状況を説明する文章なら、状況を客観的に把握するためにこれから介護の当事者になる私がいの一番に読むべきではないかと思った（痰吸引など、どう考えても「医療」的に関わることが必要になっているのだから）が、断られたということは、私が読むことを想定していない文章だったのだろう。

ミーティングの後、在宅でバイパップが必要となる事態に備え、医療機器メーカーの方に装着方法を教わることになっていた。父はこの数日、カニューラと呼ばれる、チューブによる酸素供給装置をつけているだけでバイパップは装着していなかった。このとき父の顎はガーゼで厚く覆われていた。下の歯の部分入れ歯が外されており、前歯は犬歯だけ、それも見たことがないほど鋭い。実際の父の顔で装着を教わりながら、丁寧に装着しなければ、犬歯の上に皮膚が覆い被さったところを圧してしまうのだとわかった。なるほどこういう難しさがあったのだ。「穴が開くって、しょっちゅうあるのですか？」。バイパップの専門家に聞いてみたかったことだった。彼女は誠実なひとだった。沈痛な面持ちで、言葉少なに「いえ、聞いたことがありません。初めてです」と答えた。それから小声で、体を少し内向きにして、「あまりにも、思いやりがなさすぎますよね」と呟いた。虚を突かれた思いがして、何も返すことができなかった。ここ数日で初めて生身の人間の声を耳にした気がした。

退院の日の朝、十時、改めて口腔リハビリを教わった。教えに来られた若い女性スタッフは、開口一番「この患者さんは初めてなのですが」ということを数回強調された。前回教えてくれるはずだったスタッフは、父がこの病院に入院中、ずっと口内の清拭をやっていただいていた上に口腔リハビリの専門家だということだったので、この日ようやくお会いできるかと思っていたが、結局最後まで会えなかった。病室の窓からは水平にたなびいている火山の噴煙と、湾を往復するフェリーが近くの港に出入りする様子が見えた。入院したばかりのときは、父はこの景色をことのほか喜んだ。まだその余裕があったのだ。旅の好きなひとだった。退院の一週間ほど前から、「急に血圧が下がった、危ない状態だ」と、何度か連絡があった。一時は覚悟したが、ようやく曲がりなりにも自宅に連れ帰ることができた。午後一時だった。待ってくれていた訪問医が顎のガーゼを取ったのを見て愕然とした。そのとき初めて、穴が二箇所、縦についていることがわかったのだ。同時に付いたはずはない。貫通できる歯は一本なのだから。つまり、いつかはわからないがどちらかの穴が最初に開き、その後——何日後か知らないが——また穴を開けてしまっていたのだった。父は、家に帰ったその日のうち、安心したように亡くなった。

5

十数年前から、ナイティンゲールの思想に惹かれ、彼女の論文を渉猟し、彼女が長く家族と暮らした英国のピーク・ディストリクトにある屋敷を訪れたり、思索にふけった道を歩いたりしてきた。彼女の医療における信念は、日常（患者の身の回りの世話）と科学（当時最新の衛生学など）と霊性（ケアの現場に、「神の国」を実現する）の三位一体にあった。ナイティンゲールというと皆が思い浮かべるような、ランプを持って野戦病院を廻っているだけの天使ではない、実に実践的な哲学の人であったのだった。その間看護の現場を取材する機会も与えられ、私なりに看護の本質は、患者に寄り添い親身に身辺を整えつつ、「秘そやかに進んでいくこと」を注視し続けていく姿勢にある、と思っていた。それはすなわち患者に対する関心を持ち続ける、という、ごくシンプルな「熱意」なのだと今でも信じている。その熱意こそが看護の原動力で、それは患者の年齢や障碍（しょうがい）の有無で動かされるはずがない、看護するものの人間存在をかけたところで発生するはずのものだ。

箱モノだけがどんどん進み、「思いやり」さえマニュアル化、パフォーマンス化され、中身が置き去りにされているような医療は、もはや医療でなく、事業なのだろう。

退院の日、父はグループホームにいる頃から帰りたがっていた自宅にとうとう帰ってきた。その日、訪問医療のスタッフ、訪問介護のスタッフが皆、自宅で父を出迎えてくださった。「お帰りなさい」と声をかけられ、苦しい息のなかであったが、父は心底嬉しそうだった。「こんな笑顔が見られるなんて」と皆さんが感激してくださるほどの満面の笑みだった。訪問医と対等にそして真剣に意見をいい合うスタッフの女性の方々の言葉は、経験値の高さを思わせ、同時に父や家族への思いやりに満ちていた。この方々とこれから介護の時間を持てることが頼もしく、ありがたかった。必要な器具も介護用品も揃い、全員が「よし、これから」という意気込みを持った、その矢先であった。皆が一旦引き揚げた数時間後、私と二人きりになったときに、父は静かに旅立った。このときのことを、私は未だに容易に言語化できない。

「死ぬのは時間の問題だから、むやみに医療を施して苦しむ時間を長引かせない」という考え方もあり、それが患者側の利益にかなっていることのようにいわれたりもする。確かにそういうケースもあろうが、死に方まで規格化されてはたまらない。生き方と同じように死に方も千差万別、多様であっていいはずだ。

少なくとも父と私たち家族にとっては、結果ではなく、生きる努力と死ぬ瞬間までの一秒一秒のプロセスこそが、かけがえのない人生の集約の時間であり、高い緊張と濃い密度が織りなす、澄み切った、人生で最も大切な、「神話の時間」であったと実感している。父がこの世の生を手放す数時間前と、手放した後の数時間、生と死のグレーゾーンを、私は彼と共に在った。それは私が生まれてから彼と過ごしたすべての時間に匹敵する。その死は、父が私に与えた生涯最も尊く、貴重な贈りものだった。

日常が甦る

1

東京のとある病院の、血液検査の待合室で順番を待っていたときのこと。お年を召したご婦人が、足元もおぼつかなく、私と同年輩と思われる娘さんとともに、前方のベンチに、崩れ落ちるように座った。この病院は、告げられれば誰もが衝撃を受ける病名の患者ばかりを対象としていた。通い慣れた患者たちは無表情に、笑顔もない代わりに悲嘆にくれる様子もなく、淡々と受けるべき診察や検査へ向かっていた。その老婦人と同行の娘さんはすっかり疲れ果て、絶望的な現実に押しつぶされそうな様子に見えた。病名を告げられて間がないのかもしれない。二人のまとった、不安そうな緊張した気配は、この、いうなれば「非常時が日常になった末の落ち着き」に満ちた待合室の空気を怖れ、馴染むのを拒んでいるかのようにも見えた。自分たちはこちら側の人間ではない、ないはずなのだ、という。

そのとき、前方の壁にかかったテレビの画面が、料理番組になった。土井善晴さんがいなり寿司を（正確には蒸しおこわいなりを）つくっている。一番後ろの列に座っていた私の場所からは、何か音声が流れているのはわかるが、ことばが明瞭に聞き取れるほどの近さはない。しかし画面ははっきりと見える。職人のような手の動きの迷いのなさに、気持ちが一瞬のうちにシンクロして、私は思わず引き込まれた。お揚げを三角に切り、味付けして、そう、すし飯を詰めたら三角の底辺の二角でそのすし飯を包むように両側から曲げると、その寸前まで底辺だったところが新しい「角」になるのだ。これは関西風のおいなりさん。この立体的な変化が、関西風のおいなりさんづくりの醍醐味、なんともいえず楽しいところだ。学生時代、下宿の大家さんから教わって以来、麻の実入りのおいなりさんを私は何度もつくってきた。最近、麻の実を売っているところが見つからず、香辛料売り場で「hemp seed」と表示されている瓶入りを買うようになったのだが、いずれまたちゃんとした購入先を見つけねばならぬ……。そんなことをついつい思い出したり、考えたりしていると、気づけば前の方の二人もテレビを見上げた姿勢のまま、微動だにしない。彼女たちの場所からだったら、音声も十分聞こえていただろう。その後ろ姿が見る見る力強くなっていくさまに目を瞠（みは）った。なんというか、お二人が「正気に返っていく」オーラさえ感じた。電光掲示板に私の番号が出た。立ち上がり、採血室に行く途中で、ちらりとお二人の顔を見た。瞬きもせずにテレビを見ている。土井さんの軽口に微笑んでさえいる。来たときとは別人のようだ。本来の健やかさが、彼女たちの気づかないところで日常を取り戻そうとしている――紛れもないその勢いを、直に目で見ているようだった。慣れ親しんだ手の動きの確かさの記憶が、今、彼女たちを支えているのだ。病院の待合室で、心はご自分たちのフィールドにいる。土井さんは、このことをご存知ないだろう。鍛錬を重ねたご自分の手の動きが、こういう場所で、寄る辺ない思いをしている人びとに、日常の感覚を取り戻させ、生きる勇気を鼓舞していたことを。

生き抜きましょう、私たち。

2

以前にも記したことだが、南九州の山々には「けせんの木」と呼ばれる木が在って、これはシナモンの仲間、ニッキ、ニッケイの木のことである。そもそもこの木は沖縄本島周辺の島々や徳之島等に自生していたものが栽培されるようになったのだが、南九州では気候が合っていたのだろう、栽培地を抜け出して野山に勝手に生えてくるようになった。戦前、鹿児島市が大空襲を受けて焼き尽くされる前までは、ごく普通に市内の家々の庭にも植えられていた（と家族から聞いて育った）。家庭で作るお菓子にこの葉を添えるとシナモンの香りがし、しかも防腐剤の役割をして、梅雨時など腐りにくかったのである。これを「けせんだんご」といい、今でも郷土菓子としてあちこちで売られている。

小さい頃はこの香りが苦手だった。はっきりいって、嫌いだった。ニッキ味の飴やお菓子には、手を伸ばそうともしなかった。何でこんな味が嗜好品として好まれるのか理解に苦しんだ。なのに今では好ましくて仕方がない。こうなるまでには、いくつかのターニングポイントがあった。一つ目は、旧約聖書に没薬（もつやく）などと並んで肉桂（にっけい）が出てきたときである。これがシナモンのことであり、つまりはニッキであり、要するにけせんの匂いだと知ったとき、「おや」と、少し見直した。自分のなかの価値体系に混乱が生じた最初である。二つ目は、巷にアップルパイが流行り、シナモンティーが喫茶店で出始めたときだ。シナモンスティックで紅茶に香りづけしながら、少し複雑だった。洋菓子を作るようになると、その存在を受け入れざるを得なくなった。三つ目は、エジプトの市場で魅了された香辛料の店に、大量のシナモンが売られているのを見たとき。あのエキゾチックさといったら！　文字通り、匂い立たんばかりの歴史や文化の豊饒さを感じた。ほとんどひれ伏さんばかりに袋入りを買って帰って、シナモンライスやシナモンティー、ポプリの一部にと、嬉々としてふんだんに使った。

　自生云々はともかく、ニッキの木は南九州だけではなく、温暖な地、例えば和歌山などでも栽培されていたようだ。小さい頃、ニッキの木の根をこっそり掘って、齧（かじ）っていた、という思い出を話すひとは多くいる。ニッキほどの強い香りではないが、ヤブニッケイという同じ属も広く自生している。けれど、根を掘ったり、シナモンのように樹皮を削ったりというのは、木に申し訳なくて自分からは手が下せない。その代わり、葉っぱを少しいただいて、乾燥させておき、ローレル（月桂樹）の代わりに、鍋料理に使ったりする。自宅の台所には、ヤブニッケイとニッキ、ローレルの乾燥葉がそれぞれ入った硝子瓶がある。ハーブティーの材料にも使う。微妙な違いを楽しむ。

　ここまで軍門に降っておきながら、けせんだんごは今でも進んで食べようとは思わない。幼い頃の自分の「とんがった感じ」まで、否定したくはないのだ。今、目の前のけせんだんごを喜んだら、昔私から拒否されたけせんだんごたちに申し訳がたたない。が、他郷のひとに買って帰って大威張りで講釈し、食べてもらったりする。「ね、ほら、シナモンなのよう」と、自分の手柄のように先人の知恵を感嘆して見せる。少し後ろめたい。

3

去年の秋口のこと。北海道・焼尻島へ向かうため、羽幌港からフェリー「おろろん2号」に乗った。一時間ほどの船旅。二等船室のドアを開けるとすぐに一段高いフロアーになっていて、靴を脱いでそこに上がらなければならないのはわかるのだが、そのままそこに脱ぎ置いて良いのか、手元に持って上がり、「場所取り」をするのか、それとも下足箱のようなものがあるのか、一瞬戸惑った。すると、上がってすぐの壁に棚があるのが目に入り、先に上がった乗客の靴がすでに何足か入っていたので、それに倣った。南の方で発生した台風が、だんだんに北上し、北海道を射程に入れ始めた頃だった。たぶん、帰島するところなのだろう、毛糸の帽子を被ったお婆さんが、「西風だから揺れるかもしんないね」とニコニコしながら上がり口にあったビニール袋を慣れた様子で一枚取り、部屋の真ん中に横になって、幸せそうに顔にタオルを被せた。全部で老若男女十数人、乗客のほとんどが横になり、タオル等を被り、寝る態勢に入っている。これがこの船の、「地元の流儀」なのだろう。南の島々へ渡るフェリーも大体こんな感じだ。酔わないためには横になって揺れに身を任せ、ゆっくりするのが一番いいのだろう。しかし旅にある者は、景色を見なければ。旅行者らしき若い女性の二人組は、お菓子を並べ、パンフレットを見ながら観光相談。ゆっくり寝ているわけにはいかない。起きているのはこの二人組と、私だけ。寝ているひとたちにはリラックスした日常で、私たちには非日常の時空間であったのだった。

こういう連絡船の様子は、外国でもよく似ているけれど、私が覚えている限り、靴を脱いで上がるフロアーというものはない。大抵ベンチがついている。小林秀雄の若い頃の作品『一ツの脳髄』に、乗船している船の振動に従って皆が同じリズムで慄え、自分も慄える、「それが堪らなかった」と述べている文章があるが、若かった私はそれを読み、深く共感した。しかし今は、そんなこと、まったくなんでもない。むしろ楽しいくらいだ。歳を重ねるということは本当にひとを楽にする。今、生き難さを抱えるお若い方々、試しにもう少し生きてみてください。たぶん違ってくるから。

ここ数ヶ月、以前より頻繁に鹿児島空港を利用した。たまたまあるとき時間があって、国内線のフロアーの端まで行ってみて、そして驚いた。そこは、南方の島々へ向かうゲートのエリアだったのだが、なんと、一番端が、あの、船の二等船室と同じ、靴を脱いで横になる仕様になっていたのだ。何人もの乗客が、壁側に頭を置いて、隣り合って寝ている。飛行機を待つ間が長いのだろうか。今までこの空港のこのエリアまで来たことがなかったのだが、いつ頃からこうなのだろう。このターミナルが建ったときからか。そして、誰がこのことを思いついたのだろう。船旅に慣れた乗客からの要望だろうか。最初からそうだったとは思いにくい。空港のターミナルというものは、そもそも非日常の気配が充溢しているところなのだ。その片隅で、日常の気配が蹲(うずくま)っている。そこに上がる時間はなかったけれど、この発見が嬉しくて、その日は一日ほのぼのと過ごした。

4

客用でない、ほとんど自分専用に使っているティーポットがある。
土産物屋で買った大量生産のタイ製、安価な象の形のもので、朝起きたら顔を洗うのも後回しにして、まずこれで紅茶を淹れるのが学生時代からの習慣だ。象の鼻先が、紅茶の注ぎ口になっている。本体が母象で、蓋が仔象。度重なる引っ越しにも健気(けなげ)に付いてきてくれて、もう数十年生活を共にしているが、今回初めて、紅茶の出が悪くなった。大きく傾けてもチョロチョロとしか出ない。どう考えても何か詰まっているのだろうが、蓋を開けてみても何も見えない。英国では水道水に石灰分が多量に含まれるので、電気ポットなどは中に白い石灰が溜まってしまう。けれど、日本の水で、そんなことは考えにくい。象の鼻の付け根は膨らんでいるが、鼻先は細く湾曲しているので、そこから付け根まではブラシが届きにくい構造になっており、そういえばその、「洗えていない箇所がある」ことに時折不安になったものだった。ポット内部の、鼻先注ぎ口へとお茶が向かう部分には（日本の急須の細やかな穴より遥かに）大雑把な穴が茶葉を堰き止めるようになっている。他のティーポットには、その「堰き止めるもの」がないので、ストレートに出てくる茶葉を濾すために茶こしを使う。一手間はかかるが、内側から洗うことも可能だ。象ポットではそれができない。一体何が詰まっているのか、紅茶の流れを堰き止めるほどの。

錐を使って、内側の穴から恐る恐る「詰まっているもの」を掻き出す。もちろん、可動域は僅かしかないけれど、何もしないよりはましだろう。しばらくそれぞれの穴を通して錐で頑張ってみて、水を注ぐと、硬く固まった濃い紅茶色の何か、が、アーモンドのかけらのように出てきた。これはつまり、数十年の間、少しずつ付いてきた茶渋の塊なのだろう。鍾乳洞の内部で、地面に降った雨が地中を浸み通って一滴一滴落ちてきた結果、気が遠くなるような年月をかけて石筍ができるようなものだ。

日常とはまた、こういうものでもある。気づかずに、いやどこかで微かに不安に思いながら、まあ、今のところはこれでいいだろうと、その日暮らしをしているうちに、何かが差し迫ったものになっていく。積もり積もったそれは、捨てるしかないようなものだろうけれど、その時間の堆積が愛おしく貴重で、ついしみじみと見てしまう。改めて意識して言葉で表現することなく、沈黙のうちに過ぎ去った時間。ハレとケでいえば、ケである日常は言葉を寝かす。共に過ごした家族とも、殊更に会話を交わすことなく、気づけば取り返しのつかない別れを迎えてしまっている。

亡くなった父が生前していたように、毎朝緑茶を淹れ、実家の祭壇に供えていたが、先日、急須がパリンと割れた。横に持ち手があるタイプの小さな急須で、父が愛用していた。居間で茶を淹れようとそれの持ち手を持って台所から歩いていたら、突然割れたのだった。私の手の中には持ち手だけが残った。しばらく茫然とした。残された者は、そういう事象からも逝った者との対話を組み立てようとする。喪の日々は続き、積み重なる日常に少しずつ馴染んでいく。

遠い山脈

1

　もうずいぶん昔の、冬の夕暮れのことだ。琵琶湖大橋を西から東へ、車で渡っていた。湖水の鈍色（にびいろ）がそのまま境なく大気に溶け合って、近くの山も建物も何も見えなくなっていた。それでも漆黒の闇というにはまだまだ早い、逢魔が刻という砂時計があるなら、それの最後の数粒、というところだったろうか。目に見えるすべてが墨絵の世界。不思議な光景だ、と思いながら、ふっと窓の外に目をやると、左手やや前方に、ぽっかりと白い山容のようなものが浮かび上がっているのに気づき、一瞬息を呑んだ。こう書くとロマンも何もないのだけれど、山に幽霊というものがあるなら、それはまさに幽霊のように、血色悪く、上下の脈絡もなく、空中にぽかんと浮かんでいるのだった。すぐに伊吹山だと思った。まるでいつもいつもその山のことを考えているひとのように。凄みがあった。

普段は見えにくい山も、冬場は空気が清澄で塵が少なく、積雪で輪郭もはっきりとするので、ああそこにいたのかと突然現れた存在感のある姿に驚くことがある。その辺りでは比良山脈の稜線(りょうせん)がそうだ。ごくごくまれに、冬の気象の条件が揃ったとき、伊吹山も見えることはあった。そういうときはありがたくて手を合わさんばかりに見惚れるのが常だった。伊吹山にはもともと、神々しさがあったのだ（それなのに、形が変わるほど採掘するなんてことが許されていいのだろうか）。けれど、このときの伊吹山の、「この世ならぬ風貌」はそれまでもそれからも見たことがなかった。

同じようなことが、関西から東京へ行く途中、名神高速道路を運転中にもあった。午後だったがあの伊吹山を見たときの状況よりはもっと世界が明るかった。伊吹山を後にして、岐阜羽島を過ぎた辺りから、何かふっと気配を感じた気がして、左手を見ると、青空の下遠く、冠雪した存在感のある山がこちらを見ていた。これは名のある山、知っている山に違いない、と思い、運転しながら考えた。あの形、あの方角、もしや御嶽山では。そして考えれば考えるほど、それは御嶽以外にはあり得なかった。まさか名神の運転中に御嶽山を見るとは思わなかった。そういえば、思いもかけないところから富士山を見たときも、同じ類の感慨を覚えるけれど、富士はそういうふうにして見えるものだから、意外だけれど意外ではない。南九州の霧島連山も、厳かさでは何者にも引けを取らない。さすがに神話が生まれる山々だと思う。普段からそうだが、やはり、打たれたように神々しさを感じる一瞬がある。

山は、時折普段とはまるで違った風貌を見せる。あのときの伊吹山も、私が登ったことのある伊吹山とはまるで違う、なんだか時空を超えて存在しているようだった。よく知っているひとが、ときにまるで知らない他人のように見えることがあるように、ひとも山も、いろいろな深さのレベルの貌（かお）を持つのだろう。たぶん、私たち自身、本当に時空を超えた存在であるところの相貌も、密（ひそ）かに持つのではないだろうか。山のその表情にはっとするのは、普段忘れているその境涯を、ふっとこだまが響き合うように思い出すからではないか。

2

久しぶりに八ケ岳に来ている。昨年、本格的な冬が来る前に九州へ行かなくてはならなくなったので、しっかり冠雪した峰々を見るのはほぼ一年ぶりだった。人間の側に何があろうと、いつも天に向かって変わらない山を見ると、その存在感と神々しさが胸に迫る。意識せず、山の視座から自分自身を定点観測するようなことをしているのかもしれない。自分の側の変化が直感的に把握され、遠い距離を来たような感慨が湧き起こるのだろう。そしてそれだからなお一層、山の変わらなさが心を打つのかもしれない。山はいつも山の正気を保っている。縄文弥生の頃も、そうやってひとは自分の生活や人生を俯瞰（ふかん）するもののように山を仰いできたのだろうか。戦国時代、麓で合戦が繰り返されるその合間、ふと山の存在に気づいて目をやった兵士もいただろう。先の戦争のとき、空襲に来た敵機のパイロットは、日の光に輝く山肌に故郷の山々を思い出したりしなかっただろうか。人間の歴史は愚かしい戦いや権謀術数のオンパレード。けれどそこから何も学ばずただ繰り返すだけだとしたら、こんなに哀しい生き物がいるだろうか。

最近、戦前のジャーナリスト、桐生悠々の『他山の石』を読んでいて、当時の世相が今のそれと酷似していて驚いた。昭和十二年の正月、桐生は嘆く。言論が締め付けられ、不自由になり、益々好戦的になる昭和を悲しんで。「『昭和』よ、お前はどうして、こんなに不安な、危険なものになったか。『昭和』よ。お前はお前の祖先『明治』が生れたとき、どういう宣言をしたかを知っているだろう」。桐生は五箇条の御誓文の主旨がまったく無視されている、と悲しんでいる。五箇条の御誓文、第一条は

「広く会議を興し、万機公論に決すべし」、実はその後日本に現実となる民主主義の根幹をなすような一文であった。そこから遡ること二年、昭和十年の三月には、「非常時」という言葉を濫用する政府に対して憤っている。「非常時だ。こうなっては非常時と言わざるを得ない。非常時だからこそ、五十万元事件（当時の政府高官が満州軍閥から五十万元の献金を受け取っていた事件）が議会の問題となっても、強いてその真相が明らかにされず、又強いて何人も責任を負わないのだ。（略）これを白昼公然と帝国議会で暴露されても、何等（なんら）怒るものすらも見得ないのは、非常時だからであろう。非常時は、こうも人間を無神経に、無責任に、無恥にするものか」。それから非常時を盾に、傲慢な行為を押し通す代議士の例などをあげ、「かと思うと、東京の場末に『非常時局に際し、美人女給は非常時、決死的サービスを致します』という立て看板を出しいる（ママ）バーがあるとのことだ」。揶揄しているのである。「場末のバー」、あっぱれ。

　東京郊外で育った方に、戦時中の思い出話を伺ったことがある。出征兵士が土地の名士たちの勇ましい言葉に送られて汽車に乗ろうとしたとき、駅裏にあった赤線地帯の奥から「死ぬんじゃないよ！」という悲痛な叫びが響いた、という。「場末」は、非常時に「正気を保ち続けられる」場所だったのだろうか。聖なる、遠い山脈のように。

3

三月中旬、八ケ岳に来たときは、路肩に少し、斑雪（まだら）が残るのみだったのだが、そろそろ暮れようかという時刻からにわかに雲の動きが忙しくなって、翌朝、起きると世界は一面雪景色になっていた。粉雪が間断なく降り続け、その日一日、葉を落とした木々の合間から見える空も大気も、すべて乳白色の硝子瓶の底にいるような雪ごもりの日だった。

翌日はすっかり晴れて青空が見え、赤岳や横岳もくっきりとした稜線を現し、いつにも増して堂々として、こちらに迫ってくるようだった。小屋の軒下には長いものでは八十センチを超える氷柱が並んでいた（日が闌（た）けて、その先から滴るしずくの輝き！）。長靴で林を歩くと雪に覆われた地面に影が走るので、鳥かと思い空を見上げても何もいない。この雪で鳥たちは里に降りているのか姿を見ない。木々の枝に積った雪が、時折落下してくる。パウダースノーなので、落ちながらさーっと煙のように四散していく。どうやら走る影は、この雪の塊が落ちるときの影らしい。雪にも影ができるのだ。あちこちで走っていく、大小の鳥影の大群。

それにしても、鳥が来ないことがこんなにも寂しいことだったとは。それまで、来たら確実にベランダに来ていたコガラやゴジュウカラに、ほとんど家族のような思いを抱いていたのだとわかった。

ついこの間、鹿児島空港から飛行機で羽田に向かっているとき、伊豆半島上空で、富士山を見た。天気に恵まれればよくあることなのだが、やはり秀麗で、このときたまたま手にしていたカメラで写真を撮った。撮りながら富士山の遥か彼方に何かモヤモヤとした山脈らしき「線」が見えるのに気づいた。倍率だけは高いカメラだったのでギリギリまでズームを使ってその「もやもや」に焦点を当て、引き伸ばされた「具体的な形」に（こういうことができるのだと）感動しながら、一瞬、八ケ岳？　と思った。赤岳と横岳と硫黄岳の並び方に似ているように思えたのだ。けれど伊豆半島上空のその位置からそういう角度で見えるだろうか。それに、赤岳と思しき山の崩れ具合が本物とは違うように思えたし、そこから八ケ岳までの距離は、近くはないだろうけれど、「肉眼では何かもやもやとした線にしか見えないほど遠方」、でもないのではないかと懐疑的になった。家に帰ってから地図と首っ引きで調べたがよくわからなかった。上越の方だろうか。まさか中国大陸？　そのうち、はたと、私の知っている八ケ岳は下から仰ぎ見る角度からの姿で、遥か一万メートル以上もの上空から見下ろす形の八ケ岳は、こうなのかもしれない、と思いついた。けれど本当のところはよくわからない。

自分の見ているものがよくわからなくとも、もしかしたらそれ、と見当をつけつつ日々を送る。あれはほんとうはどういうことだったんだろう、と疑念を解かずに日々を送る。安易に諦めたり、忘れてしまったりせずに。それは葛藤を抱えて生きるようなものだから、もやもやと苦しくもあり、力も要ることだ。けれどその納得しないエネルギーが、いつか時宜を得て、すべてのことを明らかにすると信じている。

4

昔、観測所にこもりきりで国が戦争をしていたことを知らなかった天文学者がいたけれど、宇宙の彼方を見つめていると、国同士の争いなんてまるで眼中になくなるのかもしれない。遠い山々を見つめ、それと対話しているような心持ちと、足元に目を配り、危険を回避する現実的な能力は、両方、複眼的に稼働させなければならないものだろう……と、ともすればどちらかに夢中になりがちな自分にいい聞かせる。あの天文学者（木村栄（ひさし）氏）が「知らなかった」のは日露戦争だが、もっと激烈な、太平洋戦争だったらどうだろう。巻き込まれずにすんだだろうか。

よくある言説に、先の戦争は政府だけが暴走したのではなく、大衆そのものも無意識にそれを望んでいた、というものがある。非常時や緊急事態という言葉が繰り返されると、社会全体にアドレナリン放出のスイッチが入る。上に立つ組織がアドレナリン中毒に陥って、その快感に麻痺してしまうと「レミングの集団自殺」のようなことが簡単に起こってしまう。犠牲死がいちばん美しいなんて考え方はその快感の最たるものだ（だったら率先して実行なされば良いのだが、そういうことをいい出す人は、まずやらない）。

誰か天才的にずる賢い人たちがいて、暗に戦争ができる国づくりのレールを敷いているようなこともよくいわれるけれど、こういうことはなにか繰り返される歴史の渦のようなもので、「戦争するっきゃない」派も、「断固反対」派も、ダンスを踊るように渦へと向かう社会のスピード感を作っていくのだろう。今回のコロナ騒ぎは、そのスピード感を作るのにうってつけだから、天才的、とまではいかなくとも機を見るに敏な向きが、ここぞとばかり気負い立った、そのあまり、「え?」というような言葉、「民放も指定公共機関に入れ……云々」などを、狼の赤い舌のようにうっかりぺろっと閃（ひらめ）かせ、その後慌てて取り繕おうとした。昔話にありそうな失態。昔話では、主人公はそこでなんか変だぞと気づく。けれど社会がコロナ禍のような異常事態に陥ると、主人公だってつい単眼的になってしまうだろう。単眼的になると暴走しやすくなる。狼につけ込まれやすくなる。だから、騙されない主人公は歌舞音曲を含む日常を、可能な範囲で工夫して楽しむ。楽しむ姿勢を「非常時なのに、緊急事態なのに」と非難されたら、「だからこそ、です」と開き直る。

狼、ならぬアドレナリン中毒に陥った組織は、市民を監視したがる。それを承知しながら強いて気にかけない。こういう言葉をメールで友人に送ったら、官憲から（！）目をつけられるのではないかと「忖度」しない。友人とのんびりとお茶を飲みながら政府の悪口をいう。民主主義社会では当然の権利。必要かそうでないことか、自分で考える癖をつける。笑うことを大切にする。社会が萎縮しないために。これは私たちにできる静かな戦いです。この国の主人公、ならぬ主権はまだ国民にあるはず。敵視するべきは大きな渦。そのスピードに巻き込まれないこと。ウイルス感染対策は冷静に、でも緊張しないで複眼的に、ユーモア、ユーモア、と自分に唱えている。過剰な杞憂と、あとで笑えるように。

5

幼い頃――まだ就園前であったと思う――母に連れられてずいぶん遠いところまで出かけた。さあ、そろそろおうちへ帰りましょうか、といわれ、おうちはどっち？と訊くと、母は桜島を指して、おうちから見る桜島とは形が違うでしょう？　といった。確かに斜めに見えた。あれが、いつも見える形になるところまで、歩くのよ。幼いながら、とても腑に落ちた。そして、ようし歩くぞ、という闘志が湧いた。以来、異国の旅の空の下にあっても、遠くに見える山の形を覚えておく、ということを無意識にやるようになった。

完璧な民主主義というものが、人類にはなかなか手の届かない手強いものだということはわかっていたが、それでも昔は絵に描いた餅を眺める程度には身近に感じられた気がする。今はその気配すら感じられなくなった。いくら何でももうだめだろうと思う。首相の言葉、政府の出す情報が、次第に大本営発表のように信じられなくなっては。

心がざわついてなかなか落ち着かないときは、土いじりをすることにしている。

黙々と土に対していると、大切なことが見えてくる。この連載でも言及したことがある、菜園「野の扉」の伊藤晃さんがこの度本を出された。伊藤さんご夫妻とのお付き合いは、拙著『雪と珊瑚と』のなかの無農薬有機野菜を作っている農家のモデルとして取材させてもらって以来だ。彼らの野菜作りに魅了され、送っていただくようになってから、かれこれ十年ほどになる。いつも野菜箱に入っている「菜園たより」の彼の文章を、やはり素晴らしいと共感していた出版社の方が本になさったのだ。タイトルが、ものすごく長い……『ほどくよ　どっこい　ほころべ　よいしょ　暗闇へ梢をのばすくにつくり　百姓は想う　天と地の間にて』。途中から副題なのではないかとも思ったが、どうもこれ全部がタイトルらしい。伊藤さんらしく、妥協を許さなかったのだろう。この本では、主に、東日本大震災、福島原発事故後のことが中心とされている。あの当時の伊藤さんの絶望と、何とかしてそこから這い出そうとなさっていた努力をよく覚えている。放射能が漏れ出して大地を汚染した、その大地こそ、彼らが命のように大切にしていたものだ。彼は悩み、考え、考え抜き、脱・反原発のために「くぬぎの森起請文」を書いた。一部を抜粋する。「(略) あらゆる生命は、海、山、大地の健康と一つながりのものです。私たち人間の日々の営みも、社会・国家も、ここに依拠することでしか存立しえないのです。(略) 有史以来の遺産を今預かる者として、未来へこの宝物を引き渡す者として、私達は、世界を破壊し、再び同じ『大罪』を犯すかも知れぬ、原子力発電所を残すことはできません。（略）」。そして彼は、国民の思いが共鳴、共振し、うなりを上げる「みんなで作る母胎」を構想する。その説明として、「新しい時代の『非暴力民衆一揆』をイメージしてください」とある。もう、九年ほど前（二〇一一年九月四日）の文章だが、今の気分に何とフィットすることか。非暴力民衆一揆――すてきだ。民主主義という山脈を見つめ続けよう。それがどんなに遠くとも。

生命(いのち)は今もどこかで

1

三月の末、コロナ禍で東京が封鎖されそうな気配に急いで九州から戻ってきた。すると家の玄関脇の土のスペースに見慣れない植物が出ている。なんと、テンナンショウの仲間だ。野山の木陰などで――悪くいえば――薄気味悪く首をもたげるマムシグサが一番ポピュラーだろうか。しかし東京都下の住宅地である。ここは野山か、と、目が点になった。幼い頃はこの草が苦手だった。山歩きしていて出会うとゾッとすることも多々あった。けれど、玄関脇に生まれ落ちたこのテンナンショウ属に毒々しい感じはなく、すっきりと清潔感すらあるのが目新しい。なんとなく嬉しくなりながら、調べたりひとに訊いたりしていると、ムサシアブミの緑色タイプだということがわかった。以来眺めては写真を撮ったりしている。生物は、生まれる場所を選べない。そして、生まれる時代も選べない。縁あって同じ地所に生きているならせいぜい贔屓して応援したい。その延長線上で、自分の国を応援したい気にもなる。高校野球で無意識に自分の生まれ故郷のチームを応援しているのといっしょで、それは本能のようなものだ。だからこそ、自分の子や孫のような球児を命の危険に遭わせる指導者がいたら腹を立てるのは当然だ。

近頃、「文句をいわず、国民が一丸となってこの難局を乗り切ろう」という言葉を聞くようになった。ここから「進め一億火の玉だ」「欲しがりません、勝つまでは」まではあっという間だ。新型コロナウイルス拡大を防ぐため、それをやるべきとみなが納得し、結果的に同じ行動（スーパーなどで間隔をとる、から、やはりここに留まるのが一番、まで）をとってしまう、というのではなく、盲目的に足並み揃え一丸となれとけしかけるのは恐ろしいことだ。ましてやお上のいうことには黙って従おうなどと、若い人びとに呼びかけるのは。本来一丸になどなれるわけがないのだ、この多様な個人の集合体が。そこに「心」の無理がある。まず自分で考える。そのために必要な情報はすべて与えられて然るべき――それがどんなに絶望的でも、事実だと直感したら、最善の選択をする人びとが数多く出てくる。足並みは、その結果揃うものなのだ。どんなときでも、信用できない相手に自分を明け渡してはならない。かねてから信頼できる政府が、利権など眼中になく必死になってなりふり構わず出してくる案なら、「うん、どうなるかわからないけど、やってみて」と運命を託する気にもなるというもの。文句をいうな、などとは、独裁に加担することで、狂気に近い。現に今の政府の方針に「文句」が上がったからこそ、○○商品券配布などのどこを向いているのかわからない思いつきが軌道修正されてきたのではないか。（ここまで国民を裏切ってきた）政府のいうことに、今黙って従えというのは民主主義を自ら手放すことだ。先の戦前、戦中も、政府に協力してファシズムへの道を加速させた芸能人や文化人が大勢出た。今、誰がどういう発言をするのか、心に刻んでおこう。そしてすべてが過ぎ去った後には、過ちをしない人間はいない、ということを。人間とはこういうものだ、という、かつてない学びのときである。

2

少し前のことだが、新型コロナウイルスに苦しむイタリアで、トリアージ（判定基準をもうけて救命順位が決定されること）が行われているというニュースが入った。いうなれば命の選別だ。そういう場が生まれてくることの切なさ、その判断を下さなければならない人の、心的ダメージのとてつもなさを考えて気が重くなった。聖職者の方が、着けていた人工呼吸器を「私はいいから若い方へ」と譲られたという記事もいくつか目にした。感動もしたし、確かに美談なのだが、今、こういう状況で、こういう話が同調圧力のようになって、誰かを追い詰めていく可能性も、微かに危惧した。

父の死にまつわることを書いた後、複数のお手紙を頂いた。あの時点ではまだ何の解決にも至っていない文章だったが、同じような体験をなさった方が、気持ちの整理がついた、とも述べられていた。表現する、ということにはそれだけで不思議な作用があるのだろう。いずれのお手紙にも感謝した（返事が書けずにすみません）が、とりわけ感動したものの一つが、九十代半ばになられるという人生の大先輩からのお手紙だった。私がその一連の連載の最後に書いた、死の時間は人生の集大成のとき、という文章についての（自分でいうのは面映ゆいが）感謝が綴られた内容だった。ここまで長く生かされてきたことをありがたく思ってもいるけれど、これからの人生に少し不安もあった、けれど、あの文章で、決意が定まった、という内容を、お人柄のゆかしさが偲ばれる和紙の封筒と便箋に認めておられた。

ドイツでは、高齢者や基礎疾患を持った人びとを守ろうという上からの呼びかけが功を奏し、若者が自粛するようになったのだという。だが今の日本ではなかなかそういう風潮が生まれにくい。テレビに映る高齢者に向かって、ある大臣がいい放ったといわれる（実際には心で思った、というだけらしいが）「いつまで生きるつもりだ」という言葉が、新聞や週刊誌等で大きく取り上げられたことがあった。こういうささくれだった日本の世相にもまた、情けない思いをされてきたのではないかと、胸が痛んだ。

読んでいらっしゃいますか？　まったく先の読めない時代になりましたが、変わらず健康にお気をつけて、生きる努力をしていただきたいです。どんなに管に繋がれても、医学の力が許す限り生きたいのだ、と思われたら、僭越ですが、どうか強くそう希望されてください。死までの時間は永遠へ繋がる神話の時間、「自分の人生だ。誰に遠慮がいるものか、嫌味皮肉は蹴散らしていけ」――というのは私の小説のなかの誰かの台詞のアレンジですが、景気がいい言葉なので、ここに記しておきますね。運命がそれを許さなかったとしても、個人としての生はまっとうできる。運命を引き受けることと、自分であることとは、両立できることだと思うのです。

お手紙を頂いて私は、自分が父の死に罪の意識を持っていたのだということに気づかされました。なぜなら、拝読して、不思議ですがそれが軽くなったのを感じたからです。お礼をいうのは私の方です。ありがとうございました。

3

数日前の午前中、突然（東京の家の）庭でウグイスが鳴いた。初音。よく晴れた日だった。最初のホーホケキョからケキョケキョ……の谷渡りの部分まで、初音にしては上出来だった。

冬になると庭の小暗い藪の下、落ち葉に覆われた地面を、音もなく出入りしている地味な小鳥の姿を、目の端で捉えることがある。おや、過眼線がある、ムシクイの仲間……ああ、ウグイスだな、と思うのだが、何しろ動きが素早く、瞬間でしか確認できないので、百パーセントの確信はない。だから続く春、ウグイスの鳴き声が聞こえると、あのときの「当てずっぽう」が、限りなく百パーセントに近づくのだ。そして囀りは年々うまくなる。最初はこんなものではなかった。ケキョのところでつっかえて、なかなか先に進まず、本人も嫌になってそのうち黙ってしまう、そんな春もあった。今や彼は近隣随一のテナーである。

この庭は日当たりがそれほど良くないこともあって、花を植えたりすることはほとんどないのだが、それでもいろんな草木が次々に生えてくるので楽しい。引っ越した当初、玄関脇に白樺の木が三本あった。この辺りの植生では絶対にあり得ない樹種で、大家さんが植えたのだろうけれど、最近の酷暑の夏をどうやって乗り切るのだ、と思っていたら、案の定次々に枯れた。そしていつの間にか、気づけばエノキとムクノキが生えてきていた。今では私の背丈ほどになっている。放っておけば、こうして一番地勢に適した木々が空隙を埋めていくのだな、と感心した。その合間に低木のミズキとクワとサンショウの木が、まるで武蔵野の雑木林が形成されていくように競合して現れ、前々回書いたムサシアブミはさらにその足元に生えてきたのだった。そこから少し離れた塀の脇では、わずかな隙間から、ハハコグサやタビラコが出現し、黄色の花を咲かせていた。周囲の家に、草が生えているところなんてほとんどなく、うちの玄関口だけ、「八重葎茂れる宿の寂しきに……」という風情。一番目立つところには、ナズナ、つまりぺんぺん草の大株がどっしりと存在感を見せている。外から来た人には雑草以外の何者でもないのだろうけれど、私はこのぺんぺん草が芽生えてきたときから隆盛を誇るようになるまでずっと心に留めているのだ。今では花も過ぎ、種ではちきれんばかりの莢をつけている。さすがにこれが飛び散ったら近所に迷惑だろうから、対策を考えている。塀のハハコグサの並びに、一度ネジバナが咲いていたことがあって感激した。ネジバナは万葉集にも詠われている、小さなランの形をした花が螺旋状につく雑草だ。数年前、長い旅行から帰ってきて、ピンクの小さなネジバナが咲いているのが目に入った。ネジバナが現れたのは後にも先にもそれきりだったけれど、疲労困憊していた体に、温かいお茶を差し出されたような気分だった。植木鉢に土だけ入れておいても、そのうち何かが生えてくる。カタバミ、ボロギク、カラスビシャク……。

何の手入れをしなくとも、自然はきちんと生命を育んで次の世代をつくっていく。なるようになる。でも、学生時代の恩師は「なるようにならせなければならない」といった。近頃よく思い出すことだ。

4

「なるようになる」という言葉で思い出すのはいつかこの連載でも言及したセイタカアワダチソウのこと。一時期日本中を席巻した外来植物、空き地という空き地はこの植物に侵入され、その猛々しさは悪役の代名詞のように使われていたが、近年気がつけば驚くほど見かけなくなった、ということはすでに書いたが、実はある年数が経てば自然に繁殖力が落ちるようになっていることがわかった。新天地を侵略した当初、他の植物を牽制するために根から出した毒性物質（知らないところでこんなことをやっていたとは！）が、数年後自分を攻撃するのだ。世の中は人智を超えたなにかで整えられていく。

ＢＢＣやＣＮＮなどの海外のニュースで、他ならぬ日本の国のことを報道していると、違うのになあ、そう思われているんだなあ、と思うときもあるが、ああ、やはりそういうことなんだ、と腑に落ちる場合もある。最近そういうことが多い。黒船が来ないと日本は変わらない、というわけでもないのだろうが、外部からの眼を借りて、初めて客観的に見られることもある。

スヴェトラーナ・アレクシエーヴィチ著の『セカンドハンドの時代』は、激動の時代の民衆の声を集めた壮大な記録文学である。そのなかに、二〇一〇年十二月にベラルーシで行われた不当な大統領選挙（行われる前から十六年の長期にわたって国を統治していたルカシェンコ大統領の勝利に決まっていた）に反対してデモをした数万人の中の一人、二十一歳の女子学生が当時のことを語る件がある。曰く、私たちはずっと恥ずかしい思いをしてきた、ウクライナ人にはオレンジ革命があり、グルジア人にはバラ革命があった、でも私たちは笑われている、ここはヨーロッパ最後の独裁政権だと。デモに行くか行かないか問われたある男子学生の言葉。「——行くよ、なぜなら独裁政権のもとで生きるのはうんざりだから。ぼくらは脳みそのない家畜だと思われている。」この言葉が今、とても胸に響く。脳みそのない家畜。

笑われるのが嫌だから、というのがほんとうの動機ではないにせよ、ベラルーシという内陸の国にあってみれば、島国と違い、他の国が自分たちのことをどう思っているのか、ひしひしと痛いほど感じられるのだろう。この章のタイトルは、「勇気とそのあとのこと」。スマートフォンを持ち、「ブログで書くネタができる」と思いながら参加するも、待っていたのは暴力、恐怖、拷問、と、ソ連邦時代とさして変わらない結末だった。今の日本政府には世論も反映されることがあるし、戦前のような逮捕拷問はない。それぞれの国にはそれぞれの民族の、長くて重い歴史がある。なるようになっていく過程。

ゴールデンウイーク進行で、私はこの原稿を世間に出る二週間前に書いている。二〇一五年、特定秘密保護法が法制化された翌年、ある作品の文庫化にあたってトークの依頼が来、普段は尻込みして遠慮するのだが、若いひとたち（中・高生）に話したいと思い、恐る恐る引き受けた。このときの話が、志を同じくする編集者の方の尽力で、たぶんもう、岩波書店ホームページ上に公開されています。*「ほんとうのリーダーのみつけかた」。躊躇いましたが、思い切ってお知らせを。

＊公開は終了。二〇二〇年七月、岩波書店より書籍化された。

5

春もたけなわ、そろそろ初夏になる。今年は山へも行けず、山菜は無理だなあ、と思っていたら、山の近くに住む友人から、タラノメやコシアブラなどが送られてきて、感謝しつつお浸しや天ぷらにした。長い冬を忍耐した春の芽吹きのものは、勢いも力もあるがアクが多いので油はすぐにくたびれる。使った油は、米ぬかを混ぜてやがて肥料に回すべく寝かせてある。廃油は石鹸にもなるし、いざとなれば（私は持っていないが）ディーゼルカーにも使える。何より「循環の輪に入る」という感覚が精神に頗(すこぶ)る良い影響を与える。

それに比べ、循環できないゴミを出すときの気の重さ。ほんの少ししか使っていない（ような気がする）のに、気がつけばパソコンだの携帯（スマホにあらず）だの、「もうその機種のバッテリーはお取り扱いできません」といわれる事態になっている。そういうことが最近立て続けに起きた。それでも付属の電源コード等諸々の備品は、そのまま使えるのではないかと思うけれど、同じメーカーの同じシリーズなのにもかかわらず、微妙な接続の形の違いなどでやはり一式買い換えないといけない仕組みになっている。どう見たって土に還りそうもない、地球に負荷のかかるゴミとして処理しなければならない諸々を前にして、なんとも理不尽でやるせない思いになる。

そんななか、planned obsolescenceという言葉を目にした。日本語にすると、計画的廃品化、どうもこれが、私の感じた「理不尽」の正体らしい。電子機器は数年経てばすぐに使えなくなるように予め設定して作られ、さらにその備品もその都度買い換えなければならない。消費を促進して経済を活性化する「仕組み」。便利で快適な生活を持続させるために、どれだけ膨大な「無駄」が出ることか。それが結局は海や山や大気にとんでもない迷惑をかけている。それらは決して、私たちだけのものではないのに。快適さは何も、使い捨てや便利さだけに感じるものではない。昔の小説や記録を読めば、使い古して柔らかくなった浴衣の生地を解いておむつにしたり、さらに雑巾にしたりと、工夫して一つのものを使い回したり、まったく別の何かに再生させたり、その都度感じる幸福感は、快適であると同時に深々とした満足感を与えたに違いないのだ。貧乏臭くてけっこう、清潔でさえあれば。それがコロナ後の価値観になればいい。

コロナ禍で経済活動が低調になり、排ガスなどが抑えられてきたので、インドでは数十年ぶりにヒマラヤ山脈が見えたり、世界中至るところの海や川の水がきれいになったりしているというニュースもよく聞くようになった。そういえば、昔の小説を読んでいて、洋の東西を問わず、女のひとが「それは経済であることね」という場面が出てくるのを思い出した。その場合の経済とは、節約ができて経済的、という意味で使われているのだが、そういう幸福を目指す新しい「経済活動」が推進されればいいのに、と思う。非効率を目指そう！というキャンペーンが起きないものだろうか。そのほうが雇用も多くなって、より多くの人びとの「快適」につながるし、何よりこれだけの犠牲に見合った価値の大転換のように思われる。

右往左往のただなかに在ること

1

新緑の季節だ。近所の公園ではカルガモの母親が、今年も憔悴（しょうすい）と充実のただなかのような風情でふわふわのボンボンのような雛を連れて池を泳いでいる。五月の日差しきらめく池の水面には、周囲の緑が印象派の絵のように揺らめいている。

母ガモが引き連れているのは四羽だけれど、彼女がこの春池の片隅で何羽孵（かえ）したのかはわからない。カラスや野良猫などの天敵が跋扈（ばっこ）しているので、たくさんの卵を孵したとしてもいくつかの命は犠牲になる。その四羽のうちの一羽が、いつも遅れがちになる。見ていると、浮かんでいる小枝や虫や、いろんなものに興味を持つのだ。そのうちに岸辺の小さな岩場で小魚が打ち上げられているのを見つけたらしい。咥えたり離したり、食べるというアイディアは思いつかないらしいが、ものすごく興味を惹かれているのが傍目からもわかる。そのために、他所へ移る群れから置いてけぼりになってしまい、はらはらしたが、途中で気づいて、超特急で小さな体を左右に揺らしながら母のもとへ泳いでいく様の、可愛らしかったこと。そんな具合なので、この家族では他のカルガモの家族のように、「母ガモの後を一列になってついていく雛たち」の写真は撮れない。統率が取れないのだ……。

それにしても、あの一羽が一見異様なほど小魚に惹かれていたのは、本能的なもののような気がしてならない。食べたい、という欲求が起こった？　私自身、カルガモには草食のイメージがあったが、植物ばかりでなく、貝や昆虫も食べ、実際解体した後胃袋から小魚が複数出てきた個体もあったということを、帰宅してから調べてわかった。

群れのなかに、一羽や二羽、嗜好の変わったものが出てくるのは自然なことなのだろう。環境の変化などで種の大半が滅んでも、そのなかに別の条件でも生きていける一群があれば絶滅は防げるわけで、一族のなかに変わり者が出てくるのは理にかなったことらしいのである。そういう理屈でいけば、アウェイで生きづらさを抱えながら生きていかなければならない「変わりもの」は、種族の存続レベルの使命を担っているわけだから、皆から大切にされてしかるべきで、決して疎外されたり邪険にされたりしていい存在ではない。

引き籠もりも、一時は社会問題のように取り上げられたが、今やそういうライフスタイルは主流となり、少なくとも直接の非難の対象にはならなくなった。むしろ「引き籠もれないでいる」人びとのほうが、非難の目で見られたりするようになったのだから。この数ヶ月の「社会常識」の変わりようの速さに、まだ呆然としている。意識の表層ではマスクをしたり、インターネットで国会中継を流しているところを探したり——情報は自力で探さないと得られない時代になった——いろいろとやらねばならないことに専念しているつもりだが、この事態の全体像が存在の奥底に降りて本質を意識できるようになるには、たぶんまだまだ時間が必要なのだろう。それには今の「右往左往」の、文字通り体丸ごとの「体験」が不可欠なのだ、きっと。

今やらねばならぬことを粛々と、右往左往しながら模索し、今日の一日を過ごす。

2

カラスビシャクという植物がある。マムシグサなどのテンナンショウ属と似ているが、あまりに細いため、マムシグサなどを見たときのような「ゾッとする感じ」がしない。きれいで華奢で無毒な緑色のヘビが、天を仰いで長い舌をヒュルヒュルと力の限り伸ばしている、そういう風情の草である。全国で繁殖し、ありふれているらしいが、どういうわけか私はごく最近まで見たことがなかった。

数年前、カタバミに占領されていた植木鉢の一つに、突如として見たことのない草が芽吹いた。ぬいぐるみのリスの頭に、アニメのカエルの目玉がついたような葉っぱだ。そんな葉っぱは見たことがなく、かなり熱心に図鑑やインターネットで探したが、わからずじまい。そのうちカエルの目玉がどんどん伸びてきて、まさしくウサギの耳のようになった。ますますこんな植物は見たことがないぞ、と、必死で探したが、同定できなかった。が、やがてシュッと、細長い柄が伸びてきて、おやこれは、今まで図鑑でさんざん目にした、カラスビシャクではないか、ついに本物を見た、いや、本物が降臨してくださったのだ、と、そこに出た理由はわからないながら一人で大喜び。いくら「カラスの」といっても柄杓(ひしゃく)と縁づけるには無理がある。大きさはともかく形があまり合っていない。カラスの茶杓という方がふさわしい。素っ気なく、淡々として、シュールな造形。しかしなぜもっと早くわからなかったのか。たいていの図鑑を読んでも、葉は三出複葉で小葉三枚が一組となって出てくる、とだけ説明されているものが多く、カエルの目玉やウサギの耳を持つとはいわないし、書いていない。確かに植木鉢の中でも細長い柳の葉が三枚出ているのが多数派だ。だが、単葉のものもあるということだし、サトイモ科らしいハート形の、細長いバリエーションだと思えば、そう見えないこともない。わからないなりに貴重なものとして賞（め）でていたら、農作物を作っている友人が（この植物に畑を席巻されて）「抜いても抜いても出てくる」とありがたみなど微塵もなさそうな様子で話しているのを聞き、憮然とした。

　私は、カラスビシャクとは付き合い始めたばかり、まだまだ何も知らないに等しい。球茎は漢方薬の半夏（ハンゲ）として用いられることから、別名を半夏ともいうらしいが、そもそもどういう構造をしているのか。毒なのか薬なのか（両者はほぼ同じとはいえ）。水をやったほうがいいのかやらないほうがいいのか。そしてこんなにつんとして釣り糸を逆さに、天に向かって垂らしているような風をして、いったいぜんたい何を考えているのか……。しかし私がカラスビシャクに命を奪われる心配はないだろう、と、たかをくくれるのは、やはり数年のこととはいえ、付き合ってきた歳月があってのことだろう。

　新しいウイルスとの付き合い方はいまだに手探り状態だ。これほど毎日のように新情報が発信、更新されるウイルスはないであろうにもかかわらず。初めてこのウイルスの名を聞いてから、まだ半年も経っていない。だがすでにこの国の弱点は洗いざらい（一切忖度なく）白日の下に晒され、情報は内外に伝播された。そういうウイルスなのか。

3

ＭＲＩ検査を定期的に受けている。検査中の音は建設現場に満ちるそれのようで、平気な人もいるが私はとても苦手だ。特に１・５テスラ（ＭＲＩの機種）から３・０テスラに変わったときは、不快などという生易しいものではなかった。ガンガンと衝撃音がするたび、脳の奥深くまで輪切りにされていくのが体感される。地獄の釜の蓋がパタパタと開いて、そのたびに引きずり込まれそうになる感じだ（これはごく特殊な例で、皆が皆そう感じるわけではない。これから受けるという方は気にしないでください。画像は３・０テスラの方が劇的にリアルで細密です）。信頼している医師が病院を移動されたので私も迷いなく病院を変えたのだが、以前の病院での検査（１・５テスラ）のときは、いつもカーペンターズの歌が流れていた。検査前、音楽をかけるかかけないかということは訊かれたが、選曲の自由はなかった。スタッフの好みだったのかもしれないし、老若男女が気軽に聴ける曲として意見を出し合って決めたのかもしれない。しかし、そこでカーペンターズが出てくるというところで、選んだ人の年齢がわかるな、などと、検査中はよく考えた。あんな機会でもなければ（逃げられないのだ）しみじみカレンさんの歌声を聴くということもなかっただろうし、その生涯について毎回思いを巡らすこともなかっただろう。そして、彼らの曲は、日常を明るく彩る類のもので、深く感動するというようなことはないのだが、その「深くならない強さ」のようなことを考えた。ＭＲＩの無機的で非情な音の衝撃を紛らわせるのに、それと反対の情緒的で感動的なものを持ってくるより、かえって「ちょっと明るめの日常のリズム」のようなものの方が効果的なのだということも知った。ほんの少し、心晴れやかになるトーン。しかし１・５テスラは、音としてはまだまだましだったのだ。

新しい病院で初めて３・０テスラを受けたときは、音楽もなく、私は始まって早々これ以上は続けられない、とギブアップし、初めてコールボタンを押した。そして音楽をなにか、かけられませんか？と訊くと、若い検査技師の方は「（機械音が大きいので）音楽なんか聞こえませんよ」と応えた。そのとき、ああ、彼は検査される側としての経験値は私よりは低いのだな、と直感した。それで老婆心ながら「いえいえ、途切れ途切れでも、微かに聞こえる音楽の方に集中していることで気が紛れるんですよ」と、説明した。そのときはそういう設定にしていない、ということで耳栓をもらい、凌いだが、以後は穏やかなクラシックがかかるようになった。もちろん、平気な人もたくさんいるのだ。個人差があるのだろう。この「地獄の釜の蓋」をいかにしてやり過ごすかというような種類の様々な「ちょっとした工夫」が、個人として生きるために蓄えていくスキルだと思う。

社会に不信や不安が渦巻いているときは、逃げるのではなく（逃げたらいつまでも付き纏われる）、その根本を見つめる姿勢を保ったまま、少し晴れやかになれる生活のトーンを工夫しようと思う。きっと、その工夫が先々、自分という個人を生きるための、得難い財産になる。

4

今朝、ラジオから中央アルプスのライチョウのニュースが流れた。ちょうど写真家の水越武さんの新しい写真集『日本アルプスのライチョウ』（新潮社）に感銘を受けたばかりだったので、その続きのようなニュースにしばらく手を止めて聴き入った。

水越さんのライチョウをテーマにした本はこれが二冊目だと思う。約三十年前の前作も素晴らしかったが、今回、コロナ禍のなかで出された写真集は、まさに心に滲み入るものだった。孤高の山岳写真家として知られる水越さんは、若い頃から厳寒期の北穂高の山小屋に一人で籠るなどし、霊性すら感じさせる写真を数多く撮られてきた。あるとき連日連夜、凄まじい吹雪に見舞われ、小屋の半分は雪に埋もれ昼なお暗く、話す相手とてない日々、もう限界だと思われた頃、ようやく奇跡のように吹雪が止んだ。外に出るも周りはすべて凍てついた世界で、生きているのは自分だけと思い込んでいたが、なんと、そこにライチョウがいたのである。そのときを語る彼の文章は感動的だ。「彼はあの風をどこで耐え、寒さをどう防いでいたのだろう。何を求めてこんな山の上まで登ってきたのか。できることなら言葉をかわしたい、とさえ思った」。たぶん、こういうときに撮られた一枚だと思う。山頂に佇む写真家に向かい、地吹雪が舞い上がる雪稜を力強い脚で登ってくる一羽のライチョウの、シルエットの写真がある。氷河期からずっと、迷いなくこう生きてきたのだと、この鳥の存在全体が強烈にこちらへ訴えてくる。日本のライチョウは猟鳥になった経験がないので、無闇に人を怖がらないという。二万年前の氷河期に大陸から渡ってきたが、温暖化が進むなか次第に高地に追いやられ、今は本州のごく一部の山岳地帯にしか生息していない。水越さんによれば、ライチョウは非暴力主義で、争いを好まず、火山の噴火や豪雪や突発的な悪天候にもひたすら耐えて生き抜いてきた。本作にも、体のほとんどを雪に埋もれさせ、目と嘴から上だけを雪面上に出し、じっと目を閉じている写真がある。ライチョウは気高く聳える山のスピリットそのもの、化身のような存在なのだ。

最近利権絡みの政治の実態が次々に暴かれ、胃が重くなる思いだが目を逸らすわけにはいかない。政治に対する逃げの態度そのものが、こういう腐敗を招いたのだとわかってしまったから。この写真集を拝見し、文章を拝読し、今の時代に渇望されているものが何であるかわかった気がした。それはひたむきに純粋な、生きる姿勢のようなもの。時代を経ても揺るがない、気骨のようなもの。ライチョウに、そして八十二歳になられ、今も山へ向かう水越さんの存在に、救われる思いがした。

ライチョウも人類による環境変化で個体数を減らしつつある。そういうなか、長らくライチョウの絶滅地域だった中央アルプスへ数年前たった一羽で飛来した雌のライチョウがいた。その勇気を応援するかのように、彼女の抱卵する無精卵を、有精卵と取り替えようという試みが実行された。今朝のラジオニュースはそれの今年のチャレンジを報じていたのだった。絶滅したらそれまでである。できることからやっていくしかない、私たちも。

5

今まで皆がその存在を感じており、ときどきは小さな爆発もあった種々の「問題」が、コロナ禍で高まった内圧のためか、かつてない形で顕在化してきた。その一つがアメリカ大陸の人種差別問題。異なった人種間の最初のコンタクト、として私がいつも思い出すのが、十九世紀中頃のカンザス州での先住民と開拓民との交流の一場面である。開拓期を生きた女性たちの回想の、聞き書きの記録（一九二〇年代に行われた）にあったものだ（『パイオニア・ウーマン』ジョアナ・ストラットン）。

大草原では木材も貴重で、多くの開拓民は芝土をブロック状に切り、煉瓦のように積み上げて小屋を作った。土手に横穴を掘って住居としたものもあった。女性たちは少しでも暮らしを快適にしようと藁のベッドにパッチワークのカバーをかけたり、剝き出しの土壁に鮮やかな色の布切れや新聞紙を貼ったりした。

一口に先住民といっても好戦的（彼らにはそうなる理由があったのだが）な部族、穏やかな部族など、様々な違いがあったようだ。男たちの闘いは、ときに陰惨を極めるものもあり、状況が逼迫（ひっぱく）しているところでは、女性も家族を守るために果敢に戦ったりした。先住民居住区に関する、白人側の一方的で横暴な取り決めの歴史はひとまず措いておくとして、目の前にいる異文化の象徴（どちらの側にとっても）とどう対峙するのか、手を挙げて威嚇し、怒鳴るのか、一目散に逃げるのか、それとも微笑みかけるのか、さあ、どっちだ、という瞬間においては、人種の違いより、個人としての人間力、対処力の世界になる。当時、白人の建てた小屋を先住民が連れ立って頻繁に見物に来る、ということがあった。「白人社会のエチケットなどおかまいなしに」、「ノックもせずに入ってきて、すっかりくつろいでしまい」、台所に入ってきては面白そうに料理道具を手に取ったり、食べ物を試食したりした、という。今まで見たこともなかった異なる生活様式に、興味津々なのだ。それはそうだろうなあ、自分がその立場になっても、と納得できる。確かにそういう彼らの好奇心を怖がる白人女性もいたが、一八五八年に家族と共にスコットランドからやってきて、結婚してキャンベル夫人となった白人女性は、先住民との付き合いがなかったら、新しい土地での暮らしに耐えられなかっただろう、とさえいっている。釣鐘のように膨らんだキャンベル夫人のスカートを、あるときしげしげと見ていた先住民の女性たちは、そっとそのスカートを持ち上げ、中のペチコートもちょっと持ち上げ、「とうとうスカートをたくし上げて見せてくれないかと言ったわ。スカートがふくらんでいるわけがわかると、三人とも涙を流して笑うこと笑うこと。先住民は笑わないなんて、大まちがいよ」。先住民女性たちが見たのは、針金や鯨骨などでフレームを作ったクリノリンだったのかもしれない。テントのように厚地の布で貼ったハリボテの様なものだったのかもしれない。いずれにしろ、仕組みを合点して、なるほど、と思ったのと、そこまでして膨らませる？という異文化との出会いの楽しさが炸裂している場面だ。

そこに蔑みは、微塵もない。

あとがき

縁あって八ケ岳に小さな山小屋を購った。日本中、いや世界中の自然が今やそうであるように、八ケ岳の自然も、私が初めて行った四十年ほど前とは変わっていたけれど、それでも空気のさやけさや日の光、月の光、星の光は都会の暮らしのなかでは味わえないものだった。毎日新聞の日曜版、「日曜くらぶ」にエッセイ連載の話をいただいたとき、そういう自然に囲まれた山小屋の素朴な明け暮れを、ただ記録していく文章が書きたいと思った。

しかし器用でもなく、意識をある深さに集中させる職人的な姿勢のみが、自分の文章家としてのアイデンティティと自覚してきた身にすれば、「書けること」も自ずから限定されてくる。原稿には「素朴な明け暮れ」のみならず、そのときに占められている心的状態が容赦なく反映される。週に一回、というペースは心のごまかしようがない。新型コロナウイルスの蔓延が社会的最重要関心事になれば、やはりそのことに意識はフォーカスするし、基本的に家族のことは書かないスタンスでやってきたけれど、父とその死にまつわることは、二〇一九年の年末、生活の中心にあったので、締め切りを目前にすれば他のことに注意を向ける余裕がなかった。あのほぼひと月、他のことではその意識レベルに降りることはできなかったのだった（当時の問題意識は、現代医療に対する疑問として、引き続き抱えているもので、ライフワークの一つになる予感がしている）。

とはいっても、基本的には炉辺を含む小屋周りのこと、鳥のこと、植物のこと、小動物のことが圧倒的に多いのは、やはりそれが自分にとってのスタンダードな「最重要関心事」だからなのだと思う。

連載中は毎回、小沢さかえさんの油絵が、力強く伴走してくれていた。紙面を開いたときにまず飛び込んでくる彼女の絵は、それ自体がすでに物語性を湛えていた。また、原稿を送るたびに担当編集者の柳悠美さんの心のこもった感想が返ってきて、たびたび深く感動し、勇気づけられた。連載は三人のチームで築いたものであり、それぞれの作品でもあった。この本は、そのスピンオフのような位置にある。そして何より、連載の日々、毎回読んでくださる読者の方々の存在に強く励まされた。最後になったが、心からの感謝を記したい。ありがとうございました。

二〇二〇年八月　コエゾゼミの鳴く山で

梨木香歩

文庫版あとがきとして――『炉辺の風おと』その後

この文庫に収録されている文章は、二〇一八年四月から二〇二〇年六月まで、毎日新聞の日曜版別刷り「日曜くらぶ」に連載されていたものである。

冒頭の章の文中にあるように、「山の深みに届いた生活」に憧れ、たとえ町なかであっても山小屋の精神が息づく暮らしがしたいという思いが一連の文章の中核にあり、今もそれは変わらない。

二〇二〇年に入ってからは、新型コロナウイルスの蔓延で世界中の人びとの生活が激変した。個人的なことではその直前、二〇一九年の暮れに父が亡くなった。人類そのものを取り巻く環境も、個人のそれも、日常的とはいえない日々が続いた。そのような状況下で「山の深みに届いた」生活とは、どのように在るべきだったのか。日々の記録は続けなければならなかった。ひとの生死も自然の一環であるという思いはもとよりあったが、他者であれば、本人の許可なくこのような「尊厳を奪われた」様子は書けなかった。私の書くものに生前敬意を払ってくれた父であったから、もしも書いていていいかと訊いたなら、何のためらいもなく「書け」といっただろう。そういう思いも私を後押しした。

父の死の経緯を書いた文章「秘そやかに進んでいくこと」が掲載されると、様々な方からお手紙をいただいた。一番多かったのは、ご自分も似たような体験をなさったという方からの手紙だった。なかにはまだ苦しんでいる方、起きたことに長年納得できずに抱え込んでおられる方もいらした。その方々に向け、それからの顚末を書かねばと思ったが、なかなか着手できなかった。

それから三年以上が経ち、文庫化のためのゲラを再読しながら「秘そやかに進んでいくこと」にフォーカスした文章の続きを書かねば、と改めて強く感じた。連載時この件を知りすぐに手を差し伸べてくださった川嶋みどり先生に相談し、『オン・ナーシング』誌上で、近い将来（今のところ二〇二三年末予定）、先生との往復書簡という形で書かせていただくことが決まった。私自身の気づきだけではなく、ケアする側、される側双方に有益なものになれば、と思っている。本書『炉辺の風おと』の連載自体は、単行本刊行後、掲載の媒体が週刊『サンデー毎日』に移り、「新 炉辺の風おと」として現在も連載中で、続刊の単行本が、『歌わないキビタキ――山庭の自然誌――』というタイトルで二〇二三年九月に刊行された。

これらが今のところの、『炉辺の風おと』周辺の「おとさた」といえようか。

世界はますます不穏になりつつあるが、鳥や動物、植物たちの生活は続き、それが描写できる日常がまだかろうじて保たれていることに感謝している。

二〇二三年九月　梨木香歩

本書の単行本は二〇二〇年九月、毎日新聞出版より刊行されました。
初出　毎日新聞「日曜くらぶ」（二〇一八年四月〜二〇二〇年六月）

カバー写真　Neil Jackman
カバーデザイン　Frasco

梨木香歩（なしき・かほ）
一九五九年生まれ。小説に『西の魔女が死んだ　梨木香歩作品集』『丹生都比売　梨木香歩作品集』『裏庭』『家守綺譚』『沼地のある森を抜けて』『f植物園の巣穴』『ピスタチオ』『僕は、そして僕たちはどう生きるか』『雪と珊瑚と』『冬虫夏草』『海うそ』『椿宿の辺りに』など。その他の著書に『春になったら莓を摘みに』『水辺にて』『渡りの足跡』『エストニア紀行』『鳥と雲と薬草袋』『岸辺のヤービ』『ヤービの深い秋』『私たちの星で』『やがて満ちてくる光の』『風と双眼鏡、膝掛け毛布』『ほんとうのリーダーのみつけかた』『草木鳥鳥文様』『よんひゃくまんさいのびわこさん』『ここに物語が』などがある。『サンデー毎日』で「新 炉辺の風おと」を連載中。連載をまとめた単行本に『歌わないキビタキ—山庭の自然誌—』がある。

毎日文庫

◆◆◆◆◆◆◆◆◆◆◆◆◆◆◆◆◆◆◆◆◆◆◆◆

炉辺の風おと

印刷 2023年10月15日
発行 2023年10月30日

著者 梨木香歩
発行人 小島明日奈
発行所 毎日新聞出版
東京都千代田区九段南1-6-17 千代田会館5階
〒102-0074
営業本部：03(6265)6941
図書編集部：03(6265)6745
ブックデザイン 鈴木成一デザイン室
印刷・製本 中央精版印刷
 ISBN978-4-620-21061-2